Georg Friedrich Meyer

Worms und Rom, oder Lose Denkmal-Kränze

Eine grösstentheils kurz vor dem Bürgerkrieg zum Abschluss gekommene Dichtung.

Georg Friedrich Meyer

Worms und Rom, oder Lose Denkmal-Kränze
Eine grösstentheils kurz vor dem Bürgerkrieg zum Abschluss gekommene Dichtung.

ISBN/EAN: 9783337413002

Hergestellt in Europa, USA, Kanada, Australien, Japan

Cover: Foto ©Andreas Hilbeck / pixelio.de

Weitere Bücher finden Sie auf **www.hansebooks.com**

Worms und Rom

oder

lose Denkmal-Kränze.

ne größtentheils kurz vor dem fünfwöchentlichen unseligen Bürgerkrieg zum Abschluß gekommene Dichtung

von

Georg Friedrich Meyer.

> Bunt durcheinander liegen noch die Kränze;
> Der große Zeitgeist hängt sie ordnend auf
> Bis Wien, der lieben deutschen Brüder Grenze,
> Voll Morgenroths; trotz Klöster noch zu Hauf.
> Ihm hilft sogar ein Staatenlenker;
> Allmeist sind es doch Völkerhellversenker!
> O! Beust, wie hehr Dein Siegeslauf.

Zürich 1868.
Druck von David Bürkli.

Inhalt.

Vorspiele.

. . . .
. . . .

Kein Held, wie sonst im Heldenlied verherrlicht,
Ein Riesenkampf zwar prächtig hier erkläng'.

Es ist der Kampf des Guten und des Bösen
Am Scheideweg der alt' und neuen Zeit.
Obsiegend, wird Europa sich erlösen,
Rafft es sich auf aus der Zerfahrenheit.
Die Fehde droht, wie sich zwei Augen schließen,
Blutströme mögen oder Thränen fließen,
Verblich, der im Dezember brach den Eid.

Unmündige, Kinder sogar! erfassen,
Wie's ach! um unsres Welttheils Lage steht,
Wenn Stürme dreh'n bei Eines Mann's Erblassen.
Als Lincoln starb, ward noch kein Haar verweht;
Doch weiht dies Lied sich mehr der höhern Seite
Im Völkerthal, dem Geist, — der noch gefeite —
Und jeder Klang Entfesselung erfleht,

Entfesselung, von eines Fremden Banden,
Entfesselung, aus Wahn und Vorurtheil;
Fort auf den Schub! die listigen, gewandten
Mitglieder eines Ordens sonder Heil!
Der wieder sich nach unsern Gau'n geschlichen,
Zu tödten mit den feinsten Geistes Stichen
Das Volk, weit leichter als durch Strang und Beil.

In Eintracht lebten Katholik und Andre,
Da kroch der Hölle Scheusal neu hervor
Und rief: „Die Zwietracht wandre
„Mit uns, im Stillen, durch des Friedens Thor,
„Bis wir, erstarkt, blutrothe Fackeln schwingen,
„Zur größern Ehre Gottes, unter Singen,
„Voll Lust, wie solche Nero sich erkor."

*

Doch läßt sich an ein großes Weltverhältniß
Anreihen das von dem zertheilten Theil
Des florumzognen Volks, das einst Europas Feld bis
Zum Tajo sein genannt, so fleug', o! Pfeil
Des Unmuths hin durch Worte,
Die hier am rechten Orte
Zum allgemeinen Heil:

Zwar der Geheimvertrag ist jetzt zerrissen;
Dem Mainzer Jesuiten-Blatt ¹ gemäß,
Wird aber lange noch das Volk vermissen
Zurückgestaltung dessen, was Roms Knes
Mit Wucht geschaffen zum Umnachten.
Auch wir unaufgehoben noch betrachten
Vertrag und Stand des bodenlosen Webs.

Wir nahmen vorerst kein Vermerk vom Bruche;
Wir sehen nur im Schritt — ein Gaukelspiel,
So lange nicht in Hessens dunkelm Buche
Zwei Namen ganz mit Stumpf und Stiel
Hinweg getilgt sind sammt Genossen,
Mit Seidewasser gleichsam todtgeschossen:
Fortwährt noch der Vertrag bis Dalwigk fiel.

*   *   *

Ausnahmen liefert nahbei jede Regel
Und jede schlimme Sippschaft überdies.
Einst galt jedweder Bauer als ein Flegel
Und jede alte Jungfer biß.
Nein! sicher gab's ehrwürdige doch immer;
So glänzt auch mancher Priester ganz im Schimmer
Der Heiligkeit mit vollem Recht gewiß.

Zwar was für Einzle rühmlichst gelten mag,
Ob es empor in Körperschaften rag'?

*

Tief Eingeweihte werden leicht Verräther;
Da geht es selbst Getreuen öfter schlimm.
Die seit Jahrtausend' ärgsten Missethäter,
Die Schwarzen nämlich, morden ohne Grimm;
Sie morden kalt, wo Vorsicht es gebietet:
Entflieht! wenn Ihr in ihren Dunst geriethet:
Voll alter Götter oder Seraphim.

Die Knechte bei der Göttin dort auf Rügen,
Sie wurden nach dem Umzug umgebracht.
Die Priester Dalei Lamas es so rügen,
Verweilt ein Mensch im Tempel unbedacht,
Während geheim den neuen Gott sie holen
Für Jenen, der als Leiche sich empfohlen;
Das Preßgesetz* den hessischen bewacht.

Zur Wahrung vor des Ungeheures Kralle,
. . . .
. . . .

Selbstrüge.

Einem Kunstrichter klagte ich, man werfe vermuthlich meinem
Werke den Mangel an Einheit vor. Er entgegnete:

„Sie fehlt nicht; wer sie vermißt, dem entging sie.“

Es gibt eine doppelte Einheitlichkeit: in Geist und Form.

Die letztere liegt im richtigen Verlauf der Darstellung.
Sollte dennoch, bei der Sprödigkeit des Stoffs und dem überdies, gleichsam zwiefachen, ja, während des Schaffens noch
gewachsenen oder veränderten Stoffes, der Nachträge, Einschal-
tungen und Aenderungen erheischte, gegen die Formeinheit öfter
oder völlig verstoßen worden sein, o! möchte dann vom Werke
doch ungefähr gesagt werden können, was von Hugo von Trim-
bergs geschätztem „Renner“ gerühmt wird:

„Ohne dichterische Einheit der Erfindung und Anordnung,
ist es ein bunter Weltspiegel u. s. w.“

Den etwaigen obigen sammt andern Gebrechen wäre ich
noch abzuhelfen bemüht gewesen, hätte ich nicht auf die Heraus-
gabe des Werkes vorerst verzichtet gehabt und hätte mich nicht
ein besonderer Anlaß noch in der letzten Stunde dazu angespornt.

So wage denn vorliegendes Buch vor den Tadlern und
Feinden zu erscheinen in seinem unvollkommenen Ausbau, jedoch
vom Wunsche begleitet, der geneigtere Leser möge selbst den
meisten durch ein oder mehrere Sternchen * bezeichneten Unter-
abtheilungen ganz dieselbe Bedeutung beilegen, wie in
einer Gedichte-Sammlung jedem einzeln Gedichte, als für sich
bestehend, oder vielmehr in einem kirchlichen Gesangbuche jedem
einzelnen Liede darin, als einem in sich abgeschlossenen.

Wie nichtsdestoweniger in allen zusammen weder innerer Widerspruch noch zweierlei Geistesrichtung walten darf, zumal alle kirchlichen Lieder nach Einem hohen Ziele gerichtet sein müssen, eben so wird hoffentlich auch in diesen meist als vereinzelt anzusehenden, durch Sterne gesonderten Gesängen, — kein Verstoß gegen eine solche Einheit gefunden.

Falls das Werk eine zweite Auflage erlebt, mag der Stoff sodann leichter sich gänzlich bewältigen lassen, dadurch, daß wenn einzelne Theile versetzt, richtiger gegliedert aufeinander folgend, alle zusammen, nach Beseitigung unebenbürtiger Reimgefäße (Strophen), mehr dem Gesetze eines zu einem Ganzen verbundenen Heldengedichtes entsprechen; worauf das Buch, wie schon die Ueberschrift: „Lose Denkmalkränze" andeutet, vorerst keinen Anspruch macht.

Hinan!

Erhebe dich, mein Lied! hinan zum Reiche,
Wo nur die Wahrheit thront und nicht der Haß.
Erscheint sie meist als thränenschwere bleiche,
Verstoßen, ach! in traurigem Verlaß',
Bleibt sie doch Königin in Gottes Hallen;
D'rum soll, ihr treu, Wormatiens Lob erschallen,
Ob auch mein Stoff das ganze All' umfaß'.

Die Welt beginnt uns in des Herzens Tiefen,
Im Elternhaus, in Dir, o, Vaterstadt!
Und in der Liebe nie vergilbten Briefen,
Wenn sie den Kuß zum holden Dolmetsch hat.
Aus ihr erwacht der Hang zum Vaterlande,
Vergeistigt, bei noch höh'rem Seelenstande,
Zur Menschenliebe, nie des Wirkens satt.

Im Spiegel schon der Vaterlandesliebe
Erschauen Bilder wir, so licht als groß.
Wen nicht die Vaterstadt zum Lob antriebe,
Verlöre schöneren Gefühles Loos;
Jedoch der Kindheit Lust, im Haus der Eltern,
Die schildern, das gelänge schlecht dem kältern,
Entlenzten Geist, umringt von Gräbermoos.

Auch von den Theuern, die uns selbst entschliefen,
Laßt uns nicht stören, durch den Laut, die Ruh'.
Wir wenden uns nach Jahren, die verliefen,
Der Gegenwart und schönern Nachwelt zu.
Gar über Zeit und Raum hin wage
Sich unsers Herzens nie gestillte Frage
Nach Ewigkeit und Gott.

Rom.

———

Eh' in Wormatien wir den Blick versenken,
Da sei des schönen Reiches erst erwähnt,
Wohin wir Alle gern die Schritte lenken,
Wohin sich jeder wahre Künstler sehnt.
    Frohlockte ob der Schweiz voreinsten Haller,
Ein holder Land noch gibt es, sagen Waller,
Das von den Alpen sich in's Meer erdehnt.

    Dem Hochgebirg der Winkelried und Telle,
Voll See'n und Gletscher, fehlt doch ein Vesuv.
    Den engern Thälern fehlt die milde Helle;
Es fehlt des Südens lieblicher Beruf:
    Ersatz zu bieten für des Nordens Dunkel,
Gleich Edens Frühlings Sonn- und Sterngefunkel,
Gleich Welschland, Dir! das Gott so licht erschuf.

    Auch ein Florenz der Schweiz ja fehlt und Haine,
Wo Pomeranzen und Zitronen blüh'n.
    Benedig fehlt, so hehr im Mondenscheine,
Wann Gondel-Lämpchen bunte Feuer sprüh'n.
    Ein Rom auch fehlt, ein Gott mit der Tiare;
Drängt Genf und Worms ihn näher auch zur Bahre,
Soll doch Italiens Lob und Roms erglüh'n:

    Italien, sei tausendmal gepriesen!
Du Land, das Glanz und Waffenruhm gepaart;
    Du Wunder! mit den süßen Paradiesen,
Worin die Zeiten liebend aufbewahrt,
    Was Künste je Vortreffliches erschufen.
    Dort wallt der Mensch empor nach lichten Stufen,
Wo sich dem Geist die Schönheit offenbart.

Des Römers Kraft malt uns, voll starker Züge,
Beinah durch ein Jahrtausend hin, ein Bild
Von seltner Größe, bis aus dem Gefüge
Der Riesenbau zerstob an Hermanns Schild;
Doch aus den Trümmern wieder aufgerichtet,
Als Priesterstaat, ward Macht und Glanz geschichtet
Um einen Thron,[3] der für unfehlbar gilt.

Wer auf ihm saß, beherrschte durch den Glauben
Die Völker und die Fürsten allesammt.
Er schuf ein Reich, der Lahmen, Blinden, Tauben,
Und wer ihn nicht verehrte, war verdammt.
Ungläubige, die warf er in die Flammen,
Hoch über ihren Seelen schlug zusammen
Der Hölle Glut, die seinem Geist entstammt.

Ha! wann er rächend furchtbar strafen wollte,
Er nahm im Zorn das Interdict herbei
Und jedes Elend seiner Höll' umtollte
Auf Erden schon ein Volk der Narrethei.
Kaum durfte man die Leichen schlecht begraben
Und sterbend sich am Abendmahle laben.
Dumpf scholl geängstigt weit der Dummheit Schrei.

Es war verpönt einander zu begrüßen.
Die Fröhlichsten durchfuhr des Schreckens Graus.
Kein Glockenklang lud ein zum düstern Büßen.
Des jüngsten Tages Vorspiel trat heraus.
Die Kreuze lagen umgestürzt zu Boden.
Das Land glich einem Anger wüster Todten.
Vergnügt nur saß der Vatican beim Schmaus.

Altäre wurden ihres Schmucks entkleidet,
Brautpaare nur im Friedhof eingeweiht.
„Den Bart zu scheeren“ hieß es auch, „vermeidet!
„Behaartes Kinn geziemt umflortem Kleid.“
Einst in der Wuth des kundenlosen Baders
Rief dieser frech: „Und All' dies ob des Haders
„Des Papstes mit dem König nur im Streit!“

Großartiger vermöchte kaum zu schalten
Ein Gott, wenn Höll' und Wahnsinn ihn gezeugt.
Und doch gerad' um seinen Thron entfalten
Zuerst den Flug, die lange sich gebeugt,
Des Lichtes Töchter: Kunst und Wissenschaften.
Italiens Geister sich zuerst entrafften
Der nachten Oede, die der Wahn durchleucht.

* *

Die Hülle selbst des trübsten Zaarenthumes
Prunkt oft, als herrlich glänzendes Gewand.
Läge darin der Kern des bessern Ruhmes,
Die goldnen Kuppeln Moskaus, fern im Land
Der fast des heil'gen Geist's beraubten⁴ Scythen
Den allerschönsten Glauben uns verriethen,
Schöner als der aus des Erlösers Hand.

Im großen Asien dort, wo Kirchenfürsten:
Halbgötter, größer noch als der zu Rom
Und größre Götzen für des Glaubens Dürsten
Und selbst ein höchst geheimnißvolles Ohm,⁵
Da findet sich auch manches Schöne, Gute,
Doch wiegt ja der Erstarrung Geistes Ruthe
Weit schwerer noch als Romas prunker Dom.

Beim Anblick dieser prächtigsten der Kirchen,
So wie darin, faßt uns Bewunderung,
Und fände sich, dort über den Gebirgen,
Nichts Schönes sonst, — hinpilgern blieb' im Schwung.
Was Schillers Mortimer von ihr gepriesen,
Johannas Geist und Fridolins erlesen
Mit still' und schwärmender Begeisterung,

Das Alles bleibt des Papsthums lichte Seite;
Doch wahr ist auch was im Don Carlos steht
Von Geistesunfreiheit, im Widerstreite
Mit der Vernunft, die nie und nie verweht.
    Vor Allem mag die Stelle* sich verlohnen:
„Das Laster nützt der Kirche Millionen."
Wenn sie den Saamen schärfern Denkens sät. —

    Daß jeder Glaube, der nicht gleich vergeh'n will,
Des Schönen, Guten viel enthalten muß,
Wer Solches nicht als Wahrheit zugesteh'n will,
Dem kam Verstand und Witz nie recht in Fluß.
    Des Römlings Kirche ruht auf Christus Lehre;
Doch, ob er ihr nach Pflicht erwiesen Ehre?
Erhebt mit Ja kein Wunder zum Beschluß.

    Die Messe, schon im Isis Dienst zu finden,
Erhabnes beut sie und des Schönen viel;
Selbst der Gewänder wechselndes Umwinden,
Sinnbildlich aufgefaßt, ist mehr als Spiel;
    Jedoch die Ueberhäufung von Gebräuchen
Sie lähmt den Blick hin zu des Denkens Reichen
Und nach der Sitten Reinheit schlichtem Ziel.

    Das heilig zubenannte Blut zwar,
Das in den Kelch, beim Dienst der Messe, floß,
Ob eben noch es süße Trauben Glut war,
Die beim zu Viel abwirft den Mann vom Roß,
Aus Wein ward es zu Gottes eignem Blute,
So — zu des Christen allerhöchstem Gute
In den sich dieses Glaubens Macht ergoß.

    Hier bleibt demnach Sinnbildlichkeit entlegen,
Auch dort, im alten Blüten-Hindostan,
Kam oftmal schon, erbarmungsvoll, zum Segen,
Gott selbst, aus seiner lichten Sonnenbahn,
Herab zu den Geschöpfen dieser Erde,
Vernünftige genannt, auch Völker Herde
Und jedes Mal verschieden angethan.

Wie anders ganz, in höchster Würd' und Reinheit,
Wohnt dort des Papstes Gott im Pantheon,
Dem Weisen groß, in ungetheilter Einheit;
Dem Gläubigen, als Vater, Geist und Sohn.
Selbst Indiens liebes Göttchen Kamadeva,
Gar sinnlich noch, steht höher kaum als Eva,
Selbst beide Bram[7] — tief unter Petri Thron(?)

Wer könnte Schönres bieten als der Glaube,
Den Päpste nacheinander angebaut,
So überirdisch süß, als irdisch süß die Traube,
Wenn Dir, gar fromm, vor dem Vergleich nicht graut.
Nachsteht der Gott des halberlösten Griechen,
Sogar des Türken, welcher beim Erfliegen
Des sieb'ten Himmels doch nur Mädchen schaut.

*

Gedankenflug hat Seelen nie erhoben,
Wie es der Glaube that, meint auch der Papst.
Ob Du mit Wucht das Denken spornst nach oben,
Ob Du ihm auch in Fülle Flügel gabst,
Es dringt mit Herschel wohl bis zu den Sternen,
Nie bis zu jenen namenlosen Fernen,
Wo Du den Blick an Gottes Schönheit labst,

Wo Lob und Preis der Seraphim ertönen
Um den Dreifaltigen, voll Herrlichkeit,
Und der Begriff erst des unendlich Schönen,
So schwankend noch, durch der Gelehrten Streit, .
Die Seligen hinträgt zu den Gebilden
Der höhern Wesen in den Prachtgefilden,
Wie sie der Päpste Himmel nur verleiht.

Statthalter Gottes, auf den schönen Trümmern
Versunkner Götter, hegt der Papst den Trost,
Wie sehr ihn auch die Menschen jetzt bekümmern
Und Riese Zeitgeist seine Burg umtos't,
Durch Zähigkeit und Jesuiten — alle
Völker der Welt zu lenken nach der Halle,
Wo mit dem Glauben hohe Wonne kos't;

Traun! nach der Halle, die sein Geist erbaute,
Vielmehr der Geist der großen Ahnen all',
Zumal des großen Gregor, der da schaute
Vom Söller auf des Trotzes tiefsten Fall.
Die glanzerfüllte Halle wahrt Lehrsätze,
Vom ersten bis zum neuesten der Schätze:
Dem Weib, ganz rein, fortan kein leerer Schall.

Den Papst erhebt das stärkende Bewußtsein,
Daß er noch diese Schätze* mehren kann.
Wie scheint darum dem milden Hort die Lust klein
Der weltlichen Gebieter, dann und wann,
Wenn Länder sie erobern und verwüsten;
Er denkt der Fürsten, die vor Päpsten büßten,
Träumt Rückfall in die Nacht vom Kirchenbann.

Zu dem Bedünken scheint er auch berechtigt
Seit seines Glaubensatzes Machtgebot:
Der Katholik, der Marie noch verdächtigt,
Gewahrt entsetzt, daß ihm Verachtung droht.
Wer so die Menschen noch beherrscht und leitet
Im neunzehnten Jahrhunderte noch streitet
Mit solchem Glück, scheucht noch hinweg den Tod.

Die Stell' am Main, wo vormal einst die Franken
Ueber den Fluß gesetzt, hieß Franken-Furth.
Die Preußen-Stadt mag ihr den Namen danken;
So dankt der Name Rom dem Weltkitt die Geburt:
Kehrt Roma um, steht Amor da: die Liebe.
Deßhalb umschlöß' es uns bis keine Regung bliebe
Gern mit des Glaubens Wundergurt.

So ragt der Papst auf jenen sieben Hügeln,
Die Rom bezeichnen, mächtig noch hervor.
 Zeus' alte Welt vermochten sie zu zügeln.
Zum Himmelreiche wallen durch ihr Thor,
Nur Römlinge benebst den göttlich schönen
Auch unbefleckten Künsten; beide tönen
Noch lang aus Rom, als ihrem Sitz, empor.

 Das ewige wird Rom noch lange heißen,
Wenn auch vielleicht durch seine Schätze bloß,
 Noch mancher Künstler wird sich glücklich preisen
Zog er sein Werk an ihrem Busen groß.
 Rom blüht noch lang', in mancherlei Betrachte,
Als erste Stadt der Welt, ob lichte? nachte?
Als Tollkraut selbst, zugleich die schönste Ros,

 Als Schierling gar, aus den pontin'schen Sümpfen,
Rundum umwuchert von der Grüfte Moos
Und zwäng' ihr Dunst zum stärksten Nasenrümpfen,
Der Dunst aus spätern Heidenthumes Schoos,
Rom bliebe lange noch am Leben, lange,
Gleich Edens schöner, wunderbarer Schlange,
Gab ihr ein Heiland auch den Todesstoß.

— ⟨◆⟩ —

Pamplona.

———

„Der Schuß, der nur verwundend mich getroffen,
„Beruntauglicht mich blos zum kriegsgerechten Mord;
„Als Paffe darf ich Großes noch verhoffen."
Beim Klosterritt sann Ignaz noch so fort:
„Cossa, der Papst Johann, war leider nur Seeräuber;
„Kehzer vertilgende Vernunftbetäuber
„Stift' Ich, wie keine noch im Sold vom untern Lord."

O, Du hispanisches Pamplona!
Auch Pampeluna zubenamt,
Nichts kommt so graß des Wahnsinns tollstem Sohn nah,
Der Gottes Flur mit Schierling dicht besamt,
Als der aus Dir hervorgekrochne Orden,
Der groß in jedem Frevel, selbst im Morden,
Zur größern Ehre Gottes — nicht erlahmt.

Verhängnißvoller wohl denn alle Wurfgeschosse
Der alten Völker — war
Die Kugel, die aus dem Belag'rungs Trosse
Der Franken noch erhöht der Paffen Schaar.
Ja, Pampeluna! Deine Festung
Schuf mehr des Unheils, durch des Teufels Mästung,
Als je des Heidenthumes Nacht gebar.

Sproßt auch empor der Keim des Bösen
In mannigfaltiger Gestalt,
Ach! das Erlösen
Aus finsterer Gewalt,
Wie wär's unendlich weiter!
Und Gottes Schöpfung unentweihter,
Ohne die Brut; D'rum, Völker! tilgt sie bald!!

Die Bangionen.

———

Ein Bild der Vorzeit laßt uns noch bereiten,
Die zwar sich ganz in Nacht und Wust verhüllt,
Sobald wir die Geschichte überschreiten,
An deren Born der Wahrheit Licht entquillt.
　　Oft fehlt die Sage selbst den Uranfängen
Und doch erschlössen gern wir in Gesängen
Wie früh Wormatiens Gründung sich erfüllt.

　　Ein Dunkel liegt auf jeglichem Beginne,
Aus welchem sich ein großes Werk erhob,
Wenn es Vergangenheit entrückt dem Sinne,
Dem äußern Sinne, meist nur sinnlich grob.
　　Zur Höhe dringt selbst schwer des Geistes Leuchte;
Urtiefe, wie die wolkumzogne feuchte,
Um's Antlitz auch sich dichte Schleier wob.

　　Doch spätre Zeiten oftmal erst enthüllen
Was sich in Räthsel, Nacht und Schutt verbarg:
Den Wunsch der Forschung zu erfüllen
Vor Memphis Riesengräbern — Sarg an Sarg,
Sind jetzt entziffert dort die Hieroglyphen,
In deren Dunkel — Könige entschliefen,
Dem Tod sogar, als Mumien, ein Arg!

　　So weiß das deutsche Volk auch jetzt bestimmter,
Daß es, ein Urvolk, Asiens Höh'n entstammt
Und ist darum, ob seiner Schmach ergrimmter,
Als wenn es frühe schon der Sumpf umschlammt.
　　Betrogen längst um seine Urgesänge,
Durch Pfaffen=Schlauheit in der Zellen Enge,
Fühlt's, daß ihr Schwung zu kühner That entflammt'.

Der Muttersprache hohen Werth erkennt es,
Den Urborn aus des Himalaias Schacht
Und wieder Ein's und groß zu sein, entbrennt es,
Nachdem die Zeit taglöhnernd es verbracht
Im Dienst der fremden Völker und der Staaten,
Die ferner es zu knechten stets berathen;
Doch ragt Teutonia einst in neuer Pracht.

So naht die Zeit, da wiederum es rühmlich,
Teutsch sich zu nennen, sein wird, nah und fern.
Deßhalb verwerfet doppelt, als irrthümlich
Die Ansicht selber der gelehrten Herrn,
Wonach der Bangion entstammt den Kelten;
Wie wir noch zeigen, muß als deutsch er gelten,
Fürwahr ganz urächt deutsch, in Schaal und Kern.

Verherrlicht wird die Hoffnung sich erwahren,
Die uns, nach Stürmen, licht die Zukunft malt.
Umringt, in Welttheils Mitte, von Gefahren,
Der Urkraft Sieg uns endlich doch umstrahlt.
D'rum zwiefach stolz sei Worms, sich deutsch zu wissen,
Früh deutscher Herrscherstämme Pfühl und Kissen,
Bevor des Reiches Kron' Ihr Neuern! stahlt.

*   *

Als vormaleinst die ersten Ankömmlinge,
Von Höh'n herab, des Wungaus Lag' entzückt
Und fern, gleich der gekrümmten, blanken Klinge,
Des Rheines Glanz, da riefen sie beglückt:
„Hinunter! dort laßt uns die Hütten bauen
Und uns getrost dem Stromgott anvertrauen,
Der uns der langen Wanderung entrückt."

Woher sie kamen aus dem mildern Süden?
Von den Vogesen oder her von Ost'?
    Darüber grübeln, würde nur ermüden.
Vermuthlich dachten sie: des Weingotts Most
Gedeihe hier vorzüglich und bewährten
Mehr Fernblick als, trotz Brille, die Gelehrten,
Die Wiederkäuer ihrer Bücher Kost.

    Urwald rundum, so weit man sehen konnte
In das, selbst wild, so schöne große Thal.
    Auch Frucht versprach in Fülle das umsonnte,
Weil schon der Weinstock heischt der Gluten Strahl.
    Sie flehten: „Ihr! den Fleißigen ergebnen
Huldvollen Götter, schickt nun diesen Eb'nen
Gedeih'n und Glück aus Eurem Freudensaal."

    Es war dies wohl ein Stamm noch roher Kelten,
Der unser Thal dem Waldgethier entrang
Und deren Frauen selbst die Bäume fällten,
Während die Männer, unter Hörner Klang,
Bären vertilgten und die wilden Schweine
Zur Hütte schleppten, die zum Dach nur Steine
Sammt Moos besaß: ein Werk aus Hast und Drang.

    Aus dem ursprünglich kleinen Ort entstand da
Viel später jenes Vorbetomagum,
Wie Cäsar es bereits zur Stadt ernannt sah,
Erst dann: — Augusta Vangavionum.
    Die Vangionen hatten schon die Kelten
Hinweg gedrängt und wie erwähnt schon — gelten
Für Deutsche: Wilde, die geschweift herum.

    Den engen Rheingau hatten sie verlassen
Und sich erspäht den größern Wonnegau.
    Die Völker, die noch roh sind, knapp sich fassen:
So kürzten wohl den ersteren in Gau
Gallier' und Deutsche, welche nahe wohnten;
„Vom Gau" die Nachbarn nennend; Römer schonten
Dagegen wenig unsrer Sprache Bau.

2

Das Wort: „Vom Gau" verwelschten sie gemächlich
In Vangauiones, warfen dann das: „au"
Aus dem Verband hinweg, das scheint thatsächlich,
Bis Vangion nur blieb. Der neue Gau
Erwarb auch später erst den Ruf: — Mild, wonnig,
Nachdem, entwildert, er geworden sonnig
Und dann die Wonne lag auf jeder Au'.

Was ich erläutert von des Namens Ursprung
Wahrscheinlicher erklingt es als die Sag'
Ob eines Königs Vangion: Im Urschwung
Ist noch ein Volk zu stolz, in jeder Lag',
Um sich nach einem einzeln Mann zu nennen;
Bei Städten möcht Ihr Solches anerkennen,
Wie's bei dem Gothen Lisboa[10] sein mag.

Das Wonnegau.

———

Wenn sich die Strecke Bonns bis Mainz getheilet
In's Rheinthal erst und in den Rheingau dann
Und nur wer im Gebirg darin verweilet,
Den vollen Reiz dem Rheinbett abgewann,
So fo'dert auch des Wonnegaus Erweit'rung
Beschau von Höh'n, zur rühmlichen Erläut'rung
Der Lust, die einst den Namen ihm ersann.

Von Flörsheims [1] Höh'n erschaut, fehlt nur die Palme
Dem weiterdehnten üppigen Gefild.
Die scharfen Kanten um Tyrols Achalme
Verschwinden völlig in der Anmuth Bild.
Auch 's Wilderhabne soll man hier nicht suchen,
Noch Waldes=Einsamkeit der Eich' und Buchen,
Doch was da liegt im Götterworte: „mild“.

Der Wonne Gau ragt auf als stille Größe,
Die nicht der Geist im Augenblick durchdringt.
Des engen Waldthals Sturzbach, voll Getöse,
Sich blinkend durch Gezweig' und Kiesel ringt:
Ein Kind noch, welches lustig hüpft und lärmet;
Der Wonne Gau: Das Bild, vom Aug' umschwärmet,
Das in der Traumwelt Seligkeit versinkt.

Vom Haardgebirg und Donners links umschlossen,
Vom Taunus und von Odins Bergen rechts
Und von dem Strom der süß'sten Milch umflossen,
Wird hier zum Hochgefühl der Druck des Knecht's,
Der auf dem Menschen in der Oedung lastet
Mit dem Gewirr der Mühsal, die nie rastet:
Als Loos des gottverstoßenen Geschlechts.

2*

Kein andrer Strom darf sich dem Rhein vergleichen,
Durchflöß' er selbst ein südlicher Gefild.
Die schönste Gegend muß der schönen weichen,
Besitzt die letzte, was da mehr noch gilt:
Ruhm und Geschichte, dargestellt in Bauten,
Wie, fern vom Rhein, wir nirgend sie erschauten:
So ganz im Gothenschwung der Größe Bild.

Der Glaube nur, der christliche vermochte,
Trotz mancher Fälschung, Hallen aufzubau'n
Wie dessen Gotteshäuser. Staunend pochte
Des Pilgers Herz vor Thebens altergrau'n
Riesigen Trümmern; doch minder sie erhoben
Nach oben,
Als was wir, gothisch[12] zubenannt, hier schau'n.

Es war so recht Teutoniens stolze Wiege,
Dies sonnumkos'te, prunke Wonnegau.
Von hier aus zogen Könige zum Siege,
Von hier aus wölbte sich Germaniens Bau
Bis zu des Ruhmes lichtumglänzter Zinne.
Natur und Baukunst schmeichelt hier dem Sinne;
Von hier aus schien das Vaterland nicht rauh.

Worms,

vormals.

———

Am Rheine liegt die Stadt der Heldensage,
Die schon zur Römerzeit bedeutsam war;
Doch Attila bot der Zerstörung Klage
Auch ihr, so groß, so herrlich schön, fürwahr!
      Bald Chlodowig sie wiederum erbaute;
Das Wungau wieder liebend sie beschaute
Und bracht' ihr Frucht und edle Weine dar.

      Da hob sich auch der Ort, voll hohen Ruhmes
Allmählig höher als zuerst sogar.
      Es glänzte stolz der Bau des Heiligthumes
Vor dessen lichtumringten Hochaltar
Fastrade — Karl dem Großen sich vermählte. —
— Als rundumher der Feind das Reich entseelte,
Erscholl hier 's Aufgebot ob der Gefahr.

      Der hohe Dom, der noch gen Himmel raget,
Ward von dem zweiten Heinrich eingeweiht.
      Des fünften Heinrichs Freiheitsbrief zernaget
Kein Wurm der Weltgeschicht' in fernster Zeit.
      Sammt Kaiser Friedrichs Brief prangt er noch immer
An des Gebäudes Eingang im Geflimmer;
Doch kommt's hervor nur wenn Ihr Kenner seid.

      Durch die der Stadt von beiden deutschen Kaisern
Verlieh'ne Freiheit ward sie stark im Streit
Und an Palästen schöner stets und Häusern,
Auch blühte sie, durch Handel, nah und weit.
      Da Friederich der Zweite sich verbunden
Mit Englands Isabelle, ward erfunden
Die Stadt, als schönste zu der Festlichkeit.

An die Geschichte reiht sich noch die Mähre
Aus der Burgunden älterm Heldenreich,
Daß selbe Stadt, als Herrschersitz und Wehre,
Zwo Königspaare traute fast zugleich:
    Den Gunther hier mit Islands Stolz: — Brunhilde,
Und Riese Siegfried mit der Maid Chrimhilde,
Zwo Frau'n, so schön, als grausam und als weich.

    Wohl tausend Jahre später, da begrüßet
In Stein, am Rathhaus, Maximilian uns.
    Die Kunst den Blicken ist ja noch versüßet
Was längst ein Glied des großen Gräberbund's:
    Auf seinem Thron, im vollen Herrscher-Prunke,
Da sprach noch, selbst im Stein, des Auges Funke
Vom ritterlichen Mann, an Statt des Munds.

    Die feine Bildnerei besah noch Luther
Und Karl der fünfte — und Unzählige
Die Tetzels Sclavenschiff, der Sünde Kutter [12]
Zertrümmerten, als das Unselige. —
    Nun, mit Entsetzen, kehrt sich ab das Auge:
Es schaute Worms im Flammen-Qualm und Rauche
Und wie den Wüthrich straft der Ewige.

*   *

    Um jenen Herzen mehr noch zu genügen,
Die sich erlaben an Wormatiens Loos,
Wir zum Erzählten einz'le Züge fügen
Aus der Geschichte oft verborgnem Schoos:
    Die Stadt empor schon blühte tausend Jahre
Noch eh' der Heiland uns enthüllt das Wahre.
— — — Wormatiens Stärke galt bereits für groß.

Im Jahr des Heils Dreihundert vierzig achte,
Siegte, durch Victor, hier das Christenthum.
    Der süßen Blume, die der Lenz kaum brachte,
Noch zarten Stengel legt ein Wetter um;
    So klingt auch uns Gadisilus mißtönig;
Der Wenden, Pommern und Casuben König;
    Er stand vor Wormbs mit König Caracum.

    Es ward erstürmt, trotz römischer Besatzung,
Nach dieser und der Bürger wackerm Kampf;
    Da hieß des Feind's geringste Wuth: Die Schatzung! [14]
Ein Theil der Stadt aufging in Rauch und Dampf.
    Der Franke Childerich die Römlinge verjagte
Und wieder frei die Stadt gen Himmel ragte.
Augustus Weltreich lag im Todeskrampf.

.

Pipin und Bertha.

———

Im achten der Jahrhunderte hielt Pipin
Reichstag dahier [15], zur Sicherung des Thron's.
    Der Papst, den er berathen, sprach: „... so nippt ihn,
Des Herrschens Honigseim. Ich bin des Lohn's
Gewärtig für den Rath und die Gewährung
Den Thron zu rauben: Zolle mir Verehrung
Und Land dazu, das ist die Pflicht des Sohn's."

    War Pipin nun des Papst's Sohn, als Berathner
So hört von Pipins eignem Sohn die Mähr',
Auch weil er gern zu Wormbs, ein Ungeladener
Doch stets willkommener erschien vielmehr,
Wie seines Reiches Last es ihm erlaubte. —
    Oft zu Paris und Achen, er doch glaubte:
Die Stadt am Rhein steh' seinem Herzen näh'r.

    So hört! Hoflager hielt Pipin in Bayern,
Zu Weihenstephan, das bei Freising liegt.
    Er mochte jagen oder Feste feiern:
Der Drang nach einem Weib blieb unbesiegt.
    Des Königs von Britanien Tochter: Bertha
Ward ihm gerühmt, so schön wie Göttin Hertha [16],
Wann sie der Lenz in sanfte Ruh gewiegt.

    Hofmarschall Wulf reis't hin sie zu begehren.
Er landet, wirbt und nimmt sie mit sich fort.
    „Mein Kind auch kann Thronfolger ihm gebähren."
Das sinnt der Falsche und — auf Berthas Mord.
    „Mein Töchterlein will ich ihm unterschieben,
Er wird sie wie des Britten Tochter lieben,
Doch wo zum Umtausch ist der rechte Ort?"

Im Wald bei Gauting gab er sie den Knechten,
Die holde Maid zu tödten in der Nacht.
O! daß die Frevler stets der Strafe dächten:
Im Ruhebett, aus dem kein Mensch erwacht,
Fand er, am lichten Tag, sein Kind verschieden.
Nur äußerlich erzwang er sich den Frieden
Und war auf neue Täuschungen bedacht:

In Pipins Nähe ward geschafft die Leiche.
Den König überzeugt's von Bertha's Tod.
Beschäftigung in seinem weiten Reiche
Ließ des Betrognen Herzens Drang in Noth.
Wohl sieben Jahre später es sich fügte,
Daß sich der Herrscher auf der Jagd vergnügte
Bis Sterne schon begrüßt das Abendroth.

Mit einem Ritter irrt er um, es dunkelt;
Ein Bach geleitet sie nach einer Mühl',
Reismühle zubenannt, ein Lämpchen funkelt.
Sie treten ein und finden Mahl und Pfühl
So gut es auf dem Lande wird gefunden,
Doch eine Magd, zwar bleich, zwar gramumwunden:
Von seltner Schönheit, Hoheit und Gefühl.

Der Müller und die Müllerin, sie schienen
Der Jungfrau zugethan mit heiliger Scheu
Und eher als zu herrschen, ihr zu dienen;
Ein solch Verhalten war dem König neu.
O! linde Wehmuth in des Mägdleins Antlitz,
Später so leicht des Irrsinn's trüber Wahn=Sitz
Und jetzt ein Blick so herzig und so treu.

Den König rührt das wunderbare Mädchen:
„Die war nicht immer hier, noch so verarmt,
Ihr Aufenthalt war mindestens ein Städtchen."
— Oft liebt das Herz, sobald es sich erbarmt. —
„O! sage Traute mir, warum Du trauerst,
Warum Du mich so ahnungsvoll durchschauerst,
Warum solch Weh Dein Angesicht umharmt?"

Er frug dabei nach Herkunst und nach Namen.
„Ich heiße Bertha", gab sie zum Bescheid
Und in die Augen ihr die Thränen kamen,
„Die Heimath ist mir, ach! unendlich weit."
    Zuletzt erwähnte sie der Knechte Milde,
Vom Irren durch die Wälder mit dem Wilde
Bis sie vom Elend sich als Magd befreit.

    Zorn ob des Schurken Wulf und — Liebe
Zu Bertha wechselten im König itzt.
    „Ha! Glaube an der Schranzen Treu' zerstiebe!"
Er spricht's, des Auges Dunkel blitzt.
    Den Himmel sich auf Erden zu gewinnen,
Sie freundlich dann um Berthas Liebe minnen,
Die bald darauf den Thron mit ihm besitzt.

    Aus beider Gatten seliger Umarmung
Gingst, Karl der Große! herrlich Du hervor.
    Germanien ruft: „Um Deines Volks Erbarmung:
Im Geiste steig' noch ein Mal ihm empor,
Daß ähnlich Dir ein Recke nun erstehe,
Der wieder uns verein' und uns befrei' vom Wehe,
Das, auf dem Abgrund, Sitz bei uns erkohr.

    Bis Du von fünfzig Millionen Teutschen
Den aufgefunden rasch im Erdenthal,
Der von Lambesa und des Scythen Peitschen:
Der alten Knut, die Welt befreit, zumal
Jede Gefahr vom Vaterland gewendet
Und Einheit schafft, aus Driespalt, der uns schändet,
Bis dahin gönn' uns frühern Glanzes Strahl:

    Wir riefen kühnlich: — fünfzig Millionen,
Die durch Auswanderung verlorenen
Zu jenen, die im alten Lande wohnen,
Hinzugedacht, als die zum Fluch erkorenen:
Ein nun zertheiltes Vaterland zu haben!
    Der alte Ruhm kann nicht den Harm begraben;
Trotzdem von Kaisern noch! den ruhmgeborenen.

Worms,
der Kaiser steter Liebling.

———

Ludwig der Fromme setzte hier Graf Bernhard
Von Barcelona zum Reichskämm'rer ein,
Als Kriegsmann brav, ein Herschel auf der Sternwart!
   Zwar wider seinen Eid und heil'gen Schein
Hob Ludwig hier sein Söhnchen zweiter Ehe,
Der schönen Judith Sproß, zum eignen Wehe,
Zu Alemaniens Herzog, nah bei Rhein.

   So sammelte der Kaiser später seine
Kriegsleute, hier, im Gau des Ruhms um Worms.
   Hier drohten auch die Bischöf' im Vereine,
In ihrer Weise muthige Delorms, [17]
Dem Papst mit Abfall, wenn er Ludwig banne.
   — Eintracht! stets schön, zum Bildner Dich ermanne
Des großen deutschen Vaterland's — o! form's. —

   Dem Conradin von Rothenburg vermählte
Der Kaiser Otto seine Tochter hier.
   Manch ferner Ritter hier ein Liebchen wählte,
Wo Fest an Fest sich drängte, mit Turnier.
   Tief unter uns der Eidam ruht im Grabe. —
Otto, der Dritte sprach in Huld: „Pflicht habe
Nur gegen Uns noch Worms, des Reiches Zier."

   Die Stadt verjagte Bischof Adelberten,
Weil er dem vierten Heinrich verwehrt,
Mit seinen treu gebliebenen Gefährten
Hereinzuzieh'n . Vom Volke hochverehrt
Und jubelvoll empfangen, zog der Kaiser
Durch alle Straßen, deren schmucke Häuser
Der Treue frohe Zeichen ihm gewährt.

Damit sein Dank, als hohler nicht verschölle,
Sprach er: „Zu Frankfurt, Boppart, Hammerstein,
Goslar, Eger, Dortmund hat keine Zölle
Künftig die Stadt zu Schuld dem Schatze mein."
    Fürsten, wie Städten pries er sie als Spiegel,
Wie später Maximilian ihr im Siegel
Den rothen Lack erlaubt: — der Hoheit Schein.

    Philipp, der Kaiser und Otto verliehen
Der Stadt Gerichte gar, nach deren Spruch
Es immer galt nach andern hinzuziehen,
Allwo das Urtheil wieder komm' zum Bruch.
    Zu Friedrich des Zweiten Kreuzzug sandte
Die Stadt Freiwillige, ha! kampfgewandte,
Fünf hundert Knappen auch, der Feinde Fluch.

    Der Kaiser Ludwig, auch der Stadt gewogen,
Die Juden ihr verpfändete!
    Vier hundert Pfunde Silbers nun bezogen
Die Bürger jährlich Zoll. Wie wendete
Die Unbill sich! Die Fürsten jetzt verschrieben
Den Juden meist, aus Noth sie zärtlich lieben:
— Wer Thaler braucht, nimmt auch geränderte.

    Umschuf sogar das Pfand Carol der Vierte
Zum Eigenthum der Stadt, daß ewighin
Der Huld Geschenk es bleib' — Wahn ihn beirrte,
In jener Zeit, Wahn, in der neuern Wien! [18]
    Dort wollte Geister Fesselung noch herber
Leibeignen, durch berüchtigte Verderber
Und den Vertrag, der als ihr Werk erschien.

    Karl war gerechter sonst, denn er gewährte
Der Stadt das Aichrecht, allzumal das Maß
Beliebig zu vergrößern und belehrte:
    Weit besser sei, beim Trunk, ein großes Glas,
Insonders wenn es perle bis zum Rande
Von jener Jungfrau Milch am nahen Strande,
Durch die das Jesu Kind zum Gott genas.

Vorher verlieh Ludovicus schon Rechte,
Wodurch in Worms die Messen so geblüht.
Damit nicht Feindes Ueberfall es knechte,
Hinzu noch fügte Friederich, voll Güt':
Es dulde nicht die Stadt, daß auf vier Stunden
Im Umkreis eine Zwingburg werde funden:
Ein Schandpfahl, wo der Freiheit Feuer glüht.

Des Kaisers Bittgesuch: Max, seinem Sohne,
Pferde zu leihen, entsprach die Stadt mit Dank.
Was aller Welt und Göttlichkeit zum Hohne
Bischöf' erreicht, durch Schliche, durch Gezänk,
Vernichtete der Kaiser, als Verträge:
Nicht Jacobs Leitern, sondern Höllenstege,
Statt hin zu Petrus Sitz — zur Sünderbank.

Der Stadt auch Max, als Kaiser, bald bezeugte:
„Frei war von jeher sie und sei 's fortan."
Nun mag sie künftig sein der Wahrheit Leuchte
Und nie dem finstern Abgrund unterthan.
Auch ward von Max das Münzrecht ihr bestätigt,
Durch Kaiser Ferdinands und Rudolphs Huld bethätigt:
Die Stadt geh' allen in dem Reich voran.

Ach! sie begann allmählig nun zu sinken,
Seit Wien sich sacht' erhob zum Kaisersitz
Und inn- und äuß'rer Feinde Waffenblinken,
Sammt Donner aus Kartaunen und Haubitz,
Sie heimgesucht mit allen Kriegesplagen,
Als Vorspiel zu den schaudervollen Tagen,
Wo Frankreichs Ludewig im Aberwitz

Den Untergang, im Frieden! ihr bereitet,
Durch seiner Henkerknechte rohe Schaar.
Darum nun lieg' ein Schleier ausgebreitet
Ueber Wormatiens dunkler Riesenbahr.
Zur Gegenwart und Zukunft wir uns wenden
Um später wieder Blicke hinzusenden
Nach einer Zeit, die war.

Ein Schmerzensruf nur sei uns unverwehrt noch:
Gleich allem Schönen auch die Stadt versank!
Vor Alters aber öfter schon verheert doch,
Sie wieder herrlich ja empor sich rank.
Ach! diesmal blieb sie, wie der Türken Papst dort
Und wie der Mann, dem Du, o! Zeitgeist grabst dort
Zu Rom sein Grab, blieb sie für immer — krank.

Besaß die Stadt den Muth noch ihrer Ahnen
Und half Welttag' ihm wirksam nach zumal,
Da hätt' ihr Geist versucht sich aufzumahnen
Zum Wiederstand, wenn auch gering an Zahl.
Kein Wüthrich drang dann ein in ihre Mauern
Und wenn sie unterlag in Todesschauern,
Gleich Troja blieb ihr stets des Ruhmes Strahl.

Doch, wie vormalen Reuß lang Karl dem Kühnen
Und Wien dem Türken später widerstand,
Blieb hier Entsatz auch denkbar; denn zum grünen
Geflimmer aus der Feen und Elfen Land,
Dem holden Trost der Hoffnung wird berechtigt,
Wer nicht als zag' und muthlos sich verdächtigt:
Versunken in Philisterthum und Tand.

Leider verhielt das Reich sich im Verfalle,
Im Aufschwung Frankreich. Hört! wohin es kam:
Statt aus der Sprache Born, da wurden alle
Benennungen der Neuzeit [19], ohne Scham,
Entliehen von dem regern Nachbar Volke,
Bis uns so manche trübe, düstre Wolke
Des Vaterlandes reinern Himmel nahm.

Glaube, Sprache.

—◦—

Da Sprache wohl so nöthig als der Glaube
Und jener uns beschäftigt allzumal,
Der auch Tuiskons Laut verdarb; — erlaube,
Sie hier, in unsres Volkes Geistes Thal
Hinein zu tragen,
Mit Loben und Beklagen,
Als ein Gefäß von Gold, doch öfter — fahl!

    Glaube sammt Sprach' uns als ein Volk umschlinge!
Sie stammt aus Braga[20], unsrer Ahnen Gott.
    Den deutschen Glauben fesseln welsche Ringe.
Das Schiff am Strand, wann wird es es endlich flott?
    Wann steuert es hinaus in's Meer der Freiheit,
Zu Gott, dem Einen, statt der Dreiheit?
Dem Judenthum, dem Islam längst ein Spott.

    Arg haben auch die Deutschen sich vergangen
An ihrer Ursprach' im Verlauf der Zeit.
    Mag sie wohl jetzt noch als die reichste prangen,
Sie haben die einst reine schnöd' entweiht.
    Verlieh'n die großen Meister ihr Gewandheit,
Thut doch des Wohllauts abgeschwächter Stand leid
Und unsres Fürwortes[21] Verworrenheit.

    Die Sprache schuldet ihnen minder, wahrlich!
Als sie der Sprache. Mit dem werthen Pfund
Nicht wucherten, im guten Sinn, beharrlich
Jahrhunderte mit dem Verfall im Bund.
    Dünkt heut' erstarkter Glanz der Sprache Blinken,
Schien gestern sie als Mischling zu versinken,
Durch Concordate[22], En tout cas zu Grund.

Was haben die Franzosen aus der ihren,
Der armen abgeleiteten gemacht?!
Prunk, scheint sie aller Höfe Mund zu zieren;
Was man aus fremden Sprachen eingebracht,
Das wußte man geschmackvoll zu verweben.
Die Deutsche könnte über alle schweben,
Als rein erhaltner Born aus Indiens Schacht.

Des Band's der Sprach' und Kirche wir bedürfen
Zum brüderlicheren Zusammenhalt,
Weil all zu Viele nach der Heimath schürfen
Sogar in fremden Ländern, öd' und kalt.
Am Besten wäre sonst: — kein staatliches Bekümmern
Um Kirchen, auch um die nicht, die verdümmern;
So macht's Amerika — allmächtig bald.

Wenn jegliche Gemeinde ihre Kirche
Selbst unterhält ist auch Gerechtigkeit,
Weil die von jenseit der Gebirge
Mehr Aufwand treibt, mehr Priester weiht.
Vor Allem sei noch diesen zugerufen,
Vom höchsten Thron, mit sternumringten Stufen,
Was nächtlich oft in ihr Gewissen schreit:

Die Ehe bleibt in der Natur begründet
Und ruht zugleich auf göttlichem Gesetz.
Wer frei sich ihr entzieht, verkündet,
Daß frevelnd er das Doppelte verletz'
Oder die Wege geh', die nimmer frommen;
Er fehlt, sei der Verzicht auch vorgenommen
Auf Roms Geheiß, der Arglist seines Netz.

Schon Priester der Kybele blieben ehlos
Und dämpften Sinnenlust durch Schierlingtrank,
In Hellas war es, wenn auch nicht auf Delos.
Um hochbegabte junge Griechen rank
Sich Frauenliebe nicht, wenn sie dem Rufe
Zur Bildung auf des Geistes höchster Stufe
Getreu entsprachen, dann sich selbst zum Dank.

Sinnlicher Liebe blieb auch Kant stets ferne.
Sein Geist, um auszuruhen, stieg hinab
Zum Spiel des Schachs; denn seine Sterne
Erglänzten ihm im Denken nur. — Ein Knapp'
Aus Eurem schwarzen Heerbann zehrt einseitig
Im Denken sich nicht auf, auch anderweitig
Sucht er Genuß und mancher gar nicht knapp.

Weit sittlicher darum für Euch die Ehe;
Will Einer ledigen, steh' es ihm frei.
Der Ruf an Alle: „Fern von Hymens Nähe!"
Klingt ärger als der Tollheit Schrei.
Glückt die Erwerbung eines holden Weibchens,
Ist es zum Ruhm des sinnbildlichen Täubchens
Im heiligsten, im aller höchsten Drei.

Der Priester bleibt nicht ehlos seinetwegen,
Des Glaubens wegen nicht — des Papstes halb.
Alle zusammen schmieden ihm den Degen
Zum Abhalt nicht des Volks vom goldnen Kalb,
Vielmehr um 's Volk aus Eden zu verscheuchen
Und die Vernunft und Denkkraft tief zu beugen
Bis hin zum Wahn, dem fürchterlichen Alp.

Nur wenn der Kirche Vortheil in Gefahren,
Sah man als Krieger Euch in dem Gefecht.
Das konnt' in Spanien der Cors gewahren;
Doch für das Vaterland, für Menschenrecht
Eh'lose Priester selten sich begeistern;
Ob von der Zahl der hagern oder feistern:
Halbdeutsche nur! Kalt bleibt des Fremden Knecht.

Die Eh' vollendet erst den Mann hienieden,
Ob er auch unvollkommen bleibe doch.
Dem Hagestolz vom Menschenthum geschieden,
Fehlt des Gesammtgefühles Höhe noch.
Erhebt sich auch das Volk einmal in Masse,
Priester verbleiben feindlich oder lasse,
In Rom liegt ihre Freiheit, liegt ihr Joch.

3

Die Liebe zu den Eltern ist die erste
Der Stufen zu des Himmelreiches Thor;
Jene zu Weib und Kindern, dann die hehrste,
Trägt uns geläuterter zu Gott empor.
Wer keine Stufe übersprang, bequemer
Die höchst' erklimmt und scheint auch Gott genehmer
Als wer zuvor im Schlamme sich verlor.

Ehlosigkeit²² heischt nirgendwo der Heiland;
Die Ehe reift den Mann zum Seelenhirt.
Eh'los liegt er auf einem öden Eiland,
Wo höchstens eine wilde Taube girrt.
Dort hört er keine Nachtigallen schlagen,
Nichts weiß er von der Liebe reinen Tagen,
Wodurch die Erde schon zum Himmel wird.

Der Rosengarten.

———

Auch herrlich schlugen einst die Nachtigallen
Im Rosengarten, wie beim Weltenuntergang
Der Fritschiossssage⁵⁴ sie vielleicht noch schlagen,
Wenn auch alsdann noch rührender ihr Klang.
Hier allzumal, in milden, lichten Nächten,
Lustwandelten, Die's Herz des Manns umflechten
Mit sanftem Band, zum Schutz vor wildem Drang.

Sie träumten von der Liebe Seligkeiten,
Auch in des Mittelalters Nacht so hehr!
Seht Ihr die stolzen Frau'n vorüberschreiten
Und in Brunhildens Wimper eine Zähr'!
Ach, in der Wonne reine Luft sich mischte
Was leise schon, gleich einer Natter, zischte.
Bald wogte hoch der Ahnung trübes Meer.

Bevor sich noch Venedigs erster Doge⁵⁵
Der Flut vermählt, vor Etzels⁵⁶ Zeit bereits
Trug Fürsten hier des blauen Stromes Woge
Hinüber zu dem Garten voller Reiz.
Längst nach Wormatiens fürchterlichem Brande,
Noch an des vorigen Jahrhunderts Rande
Lockte die Stätte, bar des Erdenleids.

Wie manches kaiserliche Paar entzückte
Der holde Garten, nah an Edens Gränz';
Hier mancher Ritter — Liebes-Rosen pflückte:
Er sah, wie Liebchens Herz im Auge glänz'. —
Er schielte nach der heiligsten der Frauen,
Der nahen, in der Hand mit Kelch zu schauen
Der süßen Milch: Most, aus des Herbstes Lenz.

3*

Auch manches Mägdlein aus dem Stand der Freien
Hing gern der Liebe nach im Rosenhain:
„O! möcht' er doch um meine Hand bald freien,
Die Eltern sagen ja und ich nicht nein."
Hörige selbst, sie fühlten hier, wie herrlich
Das Leben doch und sah'n, ganz nah, wie perlich
Der Mönch sich goß die süßen Tropfen ein.

Nichts übrigt vom berühmten Rosenhaine,
Der anderthalb Jahrtausende geblüht,
Wo froh die Nachtigall im Mondenscheine
Laut schlug und Herzen Liebender durchglüht.
Unschwer war es, ihn blühend zu erhalten,
Vielmehr aus Schutt ihn wieder zu gestalten.
Kein Mund hat je sich für den Wunsch bemüht!

Ist zwar des Gartens letzte Spur verschwunden,
Der Liebe Bild, die Rose, leicht erhob
Dort zu des Lebens seligster der Stunden,
Die armen Herzen ewig sich verschob,
Bis sie verödet, endlich ganz gebrochen,
Des Daseins müd', aufhörten leis zu pochen
Und Tod um Harm und Gram den Schleier wob.

Worms,

jetzt.

Aus Schutt und Trümmern hat sich Worms erhoben,
Ganz allgemach, zu einem regen Ort.
　Die Alterthümer sind allmeist zerstoben.
Was ihm geblieben — ist das kühne Wort,
Das sich, als Luthers Großthat stellt zur Seite
Dem hohen Dom, nach längst verschollnem Streite,
Beide zum Ruhm vom unerschaffnen Hort.

　Des Paulus Tempel liegt uns halb zerstöret
Und doch des Fremden Schönheitssinn berauscht.
　Der Jungfrau-Kirche Lob dazu gehöret,
Die ihren Baustil nicht mit andern tauscht:
　Wie wunderbar das Achteck hier sich wandelt
In das zu Vier; wie meisterhaft behandelt!
　Ihr schaut's, wenn Ihr des Thurmes Traum belauscht.

　Zum zweiten Mal die lieben Cölner sangen
In dieser Kirche kunstgerechtem Bau.
　Deutschkatholiken, Protestanten drangen,
Benebst den Juden hin zur lieben Frau
Mit ihren Brüdern, die den Papst verehren,
Um Süßres noch zu kosten als die Beeren
Der goldnen Reben in der Wonne Gau.

　Was könnt' auch mehr versöhnen mit dem Erden-Jammer
Als ächter deutscher männlicher Gesang?
　Gilt welscher für der süßen Lust Entflammer,
Gleich hoch gen Himmel nimmerdar er drang.
　Aus unserm that- und sagenreichen Boden
Lauschten den Cölnern selbst die großen Todten
　Der Grüfte stilles Trümmerreich entlang.

Sonst ist nur wenig, wenig uns verblieben,
Im Rathhaus hier und dort ein Denkmalstein
Und sonst vom Stadtbrand wohl kaum fünf bis sieben
Wohnhäuser, doch unendlich alt' Gebein
Im Judenfriedhof; auch ist ihre Schule
An Alter fast Methusalemens Buhle
Und vom noch ältern Menschentilger Hein.

Nicht kann Wormatien sich wie Trier rühmen
So mancher Alterthümer, wohlbewahrt,
Uralter Häuser selbst, mit ihren ungethümen
Riesigen Fenstern, ächt altdeutscher Art;
Doch beide Jungfrau'n ziert die Silberlocke,
Die Eine sich gefällt im alten Rocke,
Die Andere — in eines Jünglings Bart.

Wohl minder schön sind dort die Moselaner
Als Menschen, die der Wonne Gau gezeugt.
Je nach dem Grab' der Nacht wir unterthaner,
Fehlt äuß'rer Schönheit Weih' auch, wie mir däucht.
Urschönheit sammt dem Geist im Lichte wohnen;
Selbst wann die Schönen altern, sie noch thronen,
Wenn ihrem Wesen nicht der Geist entfleucht.

So glänzt Wormatien zwischen alt und neuem,
Nach beiden Seiten hin bedeutungsvoll.
Es huldige stets Dir, o! lichtgetreuem,
Dann zahlt ihm Zukunft alter Größe Zoll.
Als eine Göttin wird die Jungfrau ragen,
Der nie der Jugend Flucht blieb zu beklagen
Und deren Weisheit nicht im Wahn verscholl.

Germaniens Strom fließt noch wie vormaleinsten
Entlang der Stadt, an Kraft einst Aar und Leu.
Noch bleiben mancher Frauenbrust die reinsten,
Die heiligsten Gefühle hier getreu.
Auch labt dermal Liebfrauenmilch noch süßer
Die Frohen als die nachtumhüllten Büßer
In Trug=Jahrhunderten der Geistes Scheu.

Nie wird der Jugend Glück ihr wiederkehren;
Der Jungfrau Pracht und Schönheit bleibt zerstört.
Vergöß' sie, ob der Abgelebtheit, — Zähren,
Mit vollem Rechte hieße sie bethört.

Sie weiß sich klug, als Alte, durchzuschlagen,
Liebäugelt kaum und sorgt schon für den Magen,
Treibt Handelschaft und was dazu gehört.

Des Wohlstand's Balsam schwunghafter Gewerbe
Könnt' überdüften was so ledern riecht;
Doch nur in Einem Garten wird der herbe
Geruch von dem der Blumen ganz besiegt.

 . . . .
 . . . .

Worms,
dereinst.

———

Das Künftige verkünden wäre Dünkel.
Die nahe Wendung rathen, ist oft leicht.
   Bemerken wir beständig ein Gefünkel,
Das Nachts aus Staaten oder Mauern steigt,
Dann schließen wir, mit Recht, auf glimmend Feuer;
So scheint auch unser Schluß schon weit getreuer,
Wenn er nur Folgen unsrer Lage zeigt:

   Bei größrer Eintracht nur mag Worms erblühen
So weit als das Verhängniß jetzt erlaubt;
Sonst bleibt, bei allem einseitlichen Mühen,
Sein Zustand nur verkommen und geschraubt.
   Wenn alle Theile auseinander liegen,
Da mögen Manche sich behaglich wiegen;
Das Ganze aber schlecht gedeiht, das glaubt!

   Die Juden, unter sich verbundner, werden
Vielleicht durch Kenntniß herrschen und durch Gold.
   Es wäre das Vergeltungsrecht auf Erden
Für jeden Gräu'l, der sie voreinst umtollt.
   Wie schöner zwar, wenn Worms, niemals das lasse,
Nur darböt' eine einträchtliche Masse;
Dann scheint die Zukunft jedem Gliede hold.

   Doch Eins wird künftig unsre Stadt besitzen,
Ein Kunstwerk, wie es nimmer Ein's besaß.
   Selbst Maximilians Bild, mit seinen Blitzen,
Weicht diesem wohl an Pracht, an Schwung und Maß:
   Der Erde weitbeisteurende Bewohner
Schau'n Luther nun als herrlichen Belohner,
Im Standbild, das an Schönheit nichts vergaß.

Wenn alle Fremdlinge daran sich laben,
Warum nicht Jud' und Katholiken hier?
    Die Kunst ja spendet ihre Himmelsgaben
Zu jedes Glaubens, jeder Kirche Zier.
    Die Kunst umfriedet, wenn die Finstern babern;
Des Heiles Leben fließt in ihren Adern;
Die Milde wohnt in ihrem Lichtrevier.

    Einheimische, wie fremde Protestanten,
Deutschkatholik und Jude — allesammt,
All' die sich je zu Gottes Reich bekannten
Und die nicht eigne Schlechtigkeit verdammt,
Erbauen sich dann auch am Dom, im Innern,
Wenn keine Reden sie an Das erinnern,
Was nicht der Lieb' und Duldung ganz entstammt.

    So bleibt es Worms, zum Theil, selbst überlassen,
An Geist zu blüh'n, an Herz und an Gestalt
Und sich in einen Rahmen einzufassen,
Als Vorbild von obsiegender Gewalt
Für Alle, die des schönern Licht's ermangeln.
    Des Abgrund's Thor reißt Eintracht aus den Angeln
Und lebensfroh — erscheint sie nimmer alt.

Worms,
jenseits.

———

Verdammniß oder Seligkeit sind Worte
Gewichtiger als Californiens Schatz.
 Ganz Worms geht nimmer ein zur Himmelspforte;
Ganz einig sind wir nur in diesem Satz.
 Auch fahren Alle nicht hinab zur Hölle,
Nicht jeder zahlt des Fegefeuers Zölle:
Der steigt empor, Den faßt des Höllners Tatz'.

 Es trennen sich die hier zusammen lebten,
Nach oben oder unten hingebracht.
 Höchstselig lächeln, die gen Himmel schwebten.
Ob ein Hinabgestürzter je noch lacht?
 Tief unten sind, die keine Mahnung hörten,
Die Andere betrogen und bethörten,
Dabei sich selbst am schlechtesten bedacht.

 Die allzugern die süße Glut getrunken,
Zu oft verzehrt ein köstliches Gericht,
Trifft sie das Loos der dunkelen Halunken?
Zählt ihnen hier als Strafe schon die Gicht?
 Die nie der Schmerzen Qual sich hier entwunden;
Die hier schon Glück, schon Seligkeit gefunden,
Kommt es in Abzug jenseit Beiden nicht?

 Wer kann es wissen oder doch vermuthen?
Der Glaube nur an die Unsterblichkeit
Bleibt Stütze Denen, die im Herzen bluten,
Bleibt mehr als ein Gespenst auf dürrer Haid'
Ungläubigen, wenn sie's durchzuckt bisweilen,
Mit Donnerschlägen, mit des Blitzes Eilen:
„Vielleicht gibt's dennoch eine Ewigkeit."

Deshalb es rathsam wäre nichts zu fälschen,
Sich selber nicht, noch Andre, noch den Wein,
Noch irgend was und nicht der beiden Welschen[27]
Nachahmer oder Gimpel gar zu sein;
Sondern so deutsch, wie Deutschlands weite Gauen
Den Mann nicht ächter, biederer erschauen,
Das Weib nicht minder herzig-deutsch und rein.

Fortdauer selbst hinweg gedacht, dann bleibt ja
Die Tugend uns als Schönheit hier zum Lohn
Und ach! das Niedrige, das Böse treibt ja
Nur Todes Keime hier, auf Erden schon.
Unschönes und das Laster sind Verwandte
Und aus des Zaubers Feeenland Verbannte,
Schau'n nimmer sie der Liebe gold'nen Thron.

Von ihrem sanften Herzenston umklungen
Verletz' kein Wormser künftig ein Gebot,
Weil der Gewissensangst Beschwichtigungen
Nimmer vertilgen des Gewissens Noth.
Nein, nein! weil Alle nun sich aufgeschwungen
Zur Höhen Pracht und dort die Kunst errungen
Ein Reich zu schau'n, dem nie Zerstörung droht.

So mag das neuere Geschlecht im Glanze
Hinüberwallen zu den Seligen,
Dem Land, noch schöner als der süßen Stanze
Und Raphaele Land: zum ewigen
Wahrhaften Gott, statt irdischen Statthalters,
Des strengen Menschensatzungen Entfalters,
Der 's haßt, daß Priester sich verehlichen.

Worms,
das lichte.

—————

Bevor Wormatien sich, als lichtes, zeige,
Erlaubt Abschweifung zu noch höherm Stoff:
    Bei unsres Lebens allzuschneller Neige
Hört es so gern den Laut: „Auf jenseit hoff'!"
    Er kommt aus Höh'n, gleich jedem Gottes Boten;
Wer ihm vertraut, erklimmt den Pfad der Todten
Zur Ewigkeit, so fürchterlich als schroff.

    Kaum frommen Pilgern dünkt die nachtumzogne,
Ein Land, voll edlen Weins und Mannabrods
Für Herz und Geist — und nicht die ausgesogne
Schreckliche Wüste im Bereich des Tods.
    Sie hatten hier im Leben frohe Stunden;
Da wird ein Zweites leicht dem Sein entwunden
Im Flimmer wonniglichen Morgenroths.

    Wenn aber Menschen, tief im Schlamm geborne,
In ihm sich fortentwickeln bis zum Tod;
Da stets erneut' rundum heraufbeschworne
Verworfenheit zu sündigen gebot;
    Wenn Geist und Körper gräßlich wüst verenden,
In aller Laster Pfuhl mit Mörderhänden,
Glüht solcher Sittennacht ein Morgenroth?

    Verfluchten weist alsdann jenseit des Daseins
Fegfeuer nicht — nur Seelenwanderung
Noch einen Ausweg zu dem Glück des Nahseins
Um Gottes Thron, nach mancher Läuterung.
    Gleich ewiger Verdammniß bringt die Leiter
Vom Laster bis zu Gott den Blick nicht weiter;
Den Lehrsatz recht zu fassen fehlt der Schwung.

Die schon gelitten durch des Lasters Qualen,
Zu welchen das Verhängniß sie erzog,
Die stets in ihres Lebens niedern Thalen,
Des Frevels Füll' um jedes Glück betrog,
Gestraft noch denken in dem Ort der Flammen,
Ewig dereinst, durch göttliches Verdammen,
Ist Dem unmöglich, der es recht erwog.

Bis zu Durantos²⁸ höchstem Himmelskreise
Hinanzudringen, wo der Gottheit Sitz,
Bräucht' anderseits die Reinigung zur Reise
Mehr Jahre — als Hindostans Aberwitz
In seines Trostes Aufschwung einst ersonnen;
Unzählbar wären solche, gleich den Sonnen;
Nacht bleibt auch hier, wo keiner Fuge Ritz'.

*　　*

Gott, als ein ganz unkörperliches Wesen,
Unendlich, doch persönliches gedacht,
Blieb Sterblichen, wie oft sie es gelesen,
Unklarer, als der Erde tiefster Schacht.
Daß wir erschaffen sind nach seinem Bilde,
Faßt also nur das Pflegekind der Gilde,
Die stets das Denken schlug in Bann und Acht.

Selbst wenn die fromme Zunft die Deutung böte,
Unter dem Bild verstehe sich der Geist,
Es schöb' um Nichts uns vor zur Morgenröthe
Aus einer Nacht, die ewig uns umkreist.
Was ewig unerklärbar bleibt, — entstelle
Zum Bildchen nicht der frevelnde Geselle,
Dieweil er nie des Meisters Hüll' zerreißt,

Der Sonnen schuf, zahllos wie Sand am Meere,
Wovon nur einen Theil wir kaum erschau'n,
In lichter Sternennacht, der schönsten Lehre
Von dessen Größe und des Weltalls Au'n.
    Wie eitel dann der Satz vom Ebenbilde
Beim Anblick dieser himmlischen Gefilde,
Wie klein dann Gott am Kreuz in Stein gebau'n!

    Wie eitel wir! ob wir auch uns zu denken
Die Kunst besitzen, uns im kleinen Ich
Und die uns zu versenken
In Gottes große Schöpfung äußerlich,
Selbst die, nicht bloß den Schmerz, die Lust zu fühlen,
Sondern zu deuten auch und 's Dunkle klar zu spülen
Bis Gott der Eine ragt dreieinheitlich!

    Zergliederung in drei verschiedene Theile,
Oder, wie durch die Priester Hindostans,
In Tausende, vollbrachte nur die geile
Einbildungskraft des südasiatischen Wahns
Sammt Neigung zum Geheimen der Aegypter
Bizanz's und Roms, im Grübeln früh geübter
Als damal schon der Schlachtgeist des Germans.

    Erhabener dünkt dem Türken und dem Juden
Allah-Jehovah als Marias Sohn,
Weil sie sich des Versinnlichen entluden,
Der Gottheit gegenüber fast ein Hohn.
    Doch Alle, — Christen, Türken, Juden, Heiden
Sich an dem funkeln Sternenzelte weiden,
Dem Vorgemach zu Gottes goldnem Thron.

    Der Wilde Nordamerikas benennt ihn
Den großen Geist, verhütet da sehr klug
Ihn näher zu bezeichnen, denn er kennt ihn,
Als unbezeichenbar; ihm ist genug
So einfach schön benannt ihn zu vergöttern,
So völlig unantastbar von den Spöttern,
Bei dem besonnenen Gedankenflug.

Den rechten Ausdruck weiß das Volk zu treffen;
Wer nicht den Geistesbannungen sich fügt,
Wer fern sich hält vom Heucheln und vom Aeffen
Unzähliger, die Roms Verbot nicht rügt,
Und seines Geistes allerhöchste Schätze
Nicht hingibt für befohlne Glaubenssätze,
Heißt Freigeist, dem Ein Gott genügt.

*   *

Und wer erfaßt die furchtbar düstre Wahrheit:
Wenn Gott nicht wäre, wäre doch der Raum
Und seine Schwester da — die Zeit;[39] an Klarheit
Wohl überragt der Satz den schönsten Traum,
Den Glaubens Offenbarungen erfunden.
Des Menschen freier Geist erscheint gebunden,
Aß er auch gleich von der Erkenntniß Baum.

Schon einer Gottheit huldigten die Alten,
Die hieß — Nothwendigkeit; ihr angefügt,
Folgert sich leicht da einer Triebkraft Walten,
Die, als Weltseele, selber sich genügt
Und Stoff erschuf, durch Niederschlag das All dann
Aus Schlamm hervorgebracht, in welchem Fall dann,
Ein Gott, sogar in drei zerlegt, nur trügt.

So ließe eher Gott hinweg sich denken
Als die Geschwister dort; es steh'n darum
Nach einer Seite hin, das Herz zu kränken,
Im fernen räthselhaften Heiligthum,
Hoch über Gott die beiden seelenlosen,
Zwar ohne ihn, die traurigen, doch großen
Urewigen, sänt' auch sein Weltall um.

Indeß, es kann nicht sinken — nicht zerstieben,
Hinunter bis zum völlig leeren Nichts.
    Auch hier sind blöde Augen vorgeschrieben
Dem Ebenbild des göttlichen Gesicht's.
    Beim aller kühnsten Fluge der Gedanken
Ach! fühlen Bande wir und seh'n nur Schranken,
Kaum Gott zur Zeit der Noth und des Gericht's.

* *

    Der Steg bis zu des Menschengeistes Zinnen
Liegt unentdeckt noch für die Menge da,
Doch unerreichbar nicht; das scharfe Sinnen
Erhabner Denker längst erstieg ihn ja,
Wo Offenbarung und Vernunft in Fehde
Sie hingedrängt zur unumwundnen Rede:
Der Menschenwürde steh' nur letzte nah;

    Weil aber Offenbarung sie verdränge,
Wo es vermag der Ueberlief'rung Wucht,
So schade stets des Wunderglaubens Strenge
Als höchst unsittlich selbst. Vergebens sucht
Die Milde hier nach einem zahmern Worte;
Die Wahrheit an des Himmelreiches Pforte
Verschmäht Bemäntelung der Lüge Bucht.

    Dem Glauben, der sich stützt auf äußre Zeichen,
Wie jeder offenbarte dies ja thut,
Braucht nie und nimmer die Vernunft zu weichen,
Die auf des Geistes Inneren beruht.
    Und dann — wer zieht das nah und klar erschaute
Vernunftgebäude oder das ergraute
Der dunkeln Zeiten vor, als wahr und gut???

Vernunft bedingt die strengsten Folgerungen;
Die Offenbarung schließt dieselben aus.
Den Strahlen-Gott, den Erstere erschwungen,
Nicht faßt der Raum ihn von der Zweiten Haus
Nebst der daran gefügten Zaubermühle;
Doch die Vernunft bringt Schwung der Hochgefühle
Und des Gedankens Macht in einen Strauß.

So weit als möglich ist, Gott zu begreifen,
Dem Glauben nicht, — ward der Vernunft verlieh'n.
Glaubensbekenntnisse vergeblich schweifen
Umher und nie der Dämmerung entflieh'n.
Vernunft bringt vor bis zu des Mittags Sonne,
Theilhaftig dann der hohen Geisteswonne:
Vor Gott in Demuth, lichtumstrahlt zu knie'n.

Gemüth, Gefühl und Rührung schön vollenden,
Was die Vernunft begeisternd erkannt.
Kein Raum dann, wo die Gottheit wir nicht fänden
In einem schönern, göttlichern Gewand,
Als sie der Glaube zeigt im Nebelbilde,
Statt klar erhabner Arbeit, wie die Schilde
Hephaistos, in der Götter schönstem Land.

O! glaubt, der Gott der Weltweisen ist größer,
Wie je die Priester ihn gestalteten.
Ihr Werk heischt immer wiederum Erlöser,
Weil trüglich stets sie mit ihm schalteten.
Der Weisen Gott entging solch bitterm Loose,
Seit Menschen denken — ewiglich der Große,
Während die Andern längst veralteten.

Nicht hat er nöthig, daß der Staat ihn schirme,
Er braucht kein Priester-, braucht kein Krieger-Heer,
Begehrt nicht, daß man taufe oder firme,
Doch ragt empor er mächtig, licht und hehr.
Gebräuche, alt, verschollne, neu erfundne
Und Wunderdinge, streng damit verbundne,
Verlangt er nicht, doch Bildung, mehr und mehr.

4

Auch gibt's der Offenbarungen Bekenntniß'
Ewig in Menge, doch das Eine bloß
Der Urvernunft, im vollsten Einverständniß
Mit unsrer Fassungskraft; d'rum hier so groß
Als eingeschränkt der vorgeschriebne Glaube;
Bald milderm oder grafferm Wahn zum Raube
Und brüchig bis er sinkt im Zeiten-Schooß.

Einzig wie Gott, ist jener der Vernunft auch
Der einzig wahre Glaube, jetzt und einst;
Hochstehend und bewahrt vor jedem Zunfthauch,
Erfaßt er uns, ob Du ihn auch verneinst.
Verfallen muß, was Menschen nur erschufen.
Versuch' es d'rum, erklimme lichtre Stufen!
Bevor Du halbzertrümmerte beweinst.

Abhängigkeits-Gefühl vom höchsten Wesen
Und Drang nach seinem schönern Reich hinan,
Um einst darin von Leiden zu genesen,
Hegt auch's Vernunftbekenntniß ohne Wahn.
Es sucht vorerst den Himmel schon hinieden,
Von Gott der Menschheit jeder Zeit beschieden,
Sobald sie wandelt auf der Tugend Bahn.

Wird der Vernunft-Gott leichter zwar begriffen
Als jeder, den die Offenbarung gab,
Bis hin, durch dunkle Fluten zu ihm schiffen,
Wer's lang versuchte, grübe doch sein Grab:
Der Lootse würde scheitern an den Riffen,
Der Denker von des Irrsinns Spott umpfiffen,
Der Pilgrim niederfallen mit dem Stab.

* *

  Stofflehre, [20] um als Dünger noch zu nützen,
Wann wir im Grabe, riecht uns gar zu scharf.
   Geistlehre, die da fußt auf eignen Stützen,
Auch diese hinkt, die keines Stoffs bedarf.
   Selbst beide Lehren, wenn sie sich verbänden,
Erhellen nichts mit ihres Scharfsinns Bränden.
   Noch mehr vollbrächte Davids Glut zur Harf'.

    Ja, denkt Stofflehre völlig Euch in Einheit
Mit der des Geistes, beide sich zur Stütz',
Urstoffe selbst getheilt in letzter Kleinheit,
Ganz aufgelöst sogar, ob es was nütz'
Als Förderung des Pfeils in unserm Denken,
Und wüßten wir so gut den Bolz zu lenken,
Wie Kinkels Otto, der berühmte Schütz'.

    Entschleiert es den Zweck des großen Daseins?
Genügt uns je ein Erdenparadies?
Erläutert es den schönen Traum des Nahseins
Um einen Thron, den uns der Glaube wies,
Bevor die Seele röchelnd schwand im Hauche
Und man uns senkt mit abgewandtem Auge
In eines Gottes dunkles Burgverließ?!

    Geist, ohne Stoff, recht dargestellt, zu denken,
Ist uns unmöglich und gleich schwer darum,
Den Blick in Gottes Bildniß zu versenken,
Das geistig stofflos nur im Heiligthum
Des Weltalls prangt, dem schönsten Göttersaale,
Erhabner als ein Raphael ihn male
Und allzugleich der Menschheit Tusculum.

    So hehr das Weltall, ist der Schöpfer denkbar,
Doch 's Bild zu denken, näher ausgeprägt,
Vermag kein Mensch und wär' sein Geist versenkbar
In Alles, was die Wissenschaft gehegt,
Die Höhen und Abgründe zu durchwühlen.
   „Wahr!" riefe selbst der Papst, säß' er auf Stühlen
Der Heiligkeit, die Wahres nur erträgt.

*   *

Wenn Gott das Uebel will, gilt er für böse,
Wenn nicht, für schwach, weil es nicht unterbleibt.
Fehlt Macht und Wille, dann zwiefach seine Blöße;
Während sein Sohn den Teufel[31] flugs vertreibt.
Darum hat Roh sehr recht mit Teufel[32] und mit Hölle;
Doch wenn es klar erschölle;
Es hieße: „Gott schreibt klein! den Sohn weit größer schreibt!"

Wer da, der gut die Widersprüche löse
Der Weltgeschicht' und Schrift?!!
Wer nimmer denkt, den stürzen leicht die Stöße
Des Paters tief hinab zu Satans Trift,
Und wer gern denkt, auch der kann nicht ergründen
Die Räthsel alle ob der Gnad' und Sünden
Und kein Columb' die dunkle Flut durchschifft.

* *

Fürwahr! viel bleibt Urräthsel uns auf immer;
Ha! „Ewig" Deine Unergründlichkeit
Genügt schon zum gefährlichen Geflimmer
Um unser Auge, wagt es sich zu weit
Empor zu Gott und den mit ihm verbundnen
Erhabnen Dingen und doch florumwundnen,
Versagt das Herz selbst jeglichen Bescheid.

Ließe das Wörtchen „Ewig" sich erfassen,
Die andern Alle würden dann gelöst.
Als höh're Geister, rein, im Licht zu prassen,
Die keine Macht zurück in Schranken stößt,
Würden wir schon an Gottes Busen schwelgen,
Wie jetzt um Lenzgedüft' und Herbstes Kelchen. —
„Ewig!" Dein Sinn ward uns nicht eingeflößt.

Wer kann begreifen, wer kann sie erfassen
Die Ewigkeit? das endlose Gespinnst
Des Zeiten-Knäu'ls, in seinen dichten Massen!?
   Dem, der's vermöchte, böt' es keinen Dienst:
Er hörte auf sich ganz als Mensch zu fühlen;
   Beim Sitzen auf zwei weit geschied'nen Stühlen
Sänke sein Geist, dem Wahnsinn zum Gewinnst.

   Seitdem man gar vorweltliche Gebeine
Von Menschen auffand, ward so manche Frag'
Weit schwerer noch denn aller Weisen Steine,
Läg' auch, als Stein, ein Weltall auf der Waag!
   Ach! leicht nur dünken würde dessen Schwere
Vor jenem Räthsel in dem tiefsten Meere,
So tief, daß nie zum Grund hindringt der Tag.

   Darum die Gottheit setzen über Sterne
Oder Unsterblichkeit herab auf Nichts;
   Weltseele denken oder gläubig gerne:
Vergeltung an dem Tage des Gerichts,
Was gilt es gegenüber den Gedanken,
Die gern wir dächten, wenn des Denkens Wanken
Es nicht verwehrte, troß des Sternenlichts?!

   Weltseele, selbst als Gott uns gegenwärtig,
Allmächtig, allbelebend, überall;
   Auch dies Bedünken bringt nichts weiter fertig,
Das glänzende Geheimniß nicht zum Fall.
   Die letzten schärfsten Denker, gleich den Alten,
Werden die Gottheit nie dem Geist gestalten;
Unübersteigbar bleibt des Räthsels Wall!

   Ewig, das Niebegonn'ne, das nie endet,
Faßt sich so schwer als: „unerschaffner Gott“.
   Ja, den Begriff des Lasters umgewendet
In den der Tugend und den Sünder Lot[33]
Ganz rein darstellen, eher noch gelänge,
Denkkräfte bräct' es minder in's Gedränge
Als 's Wörtchen: „ewig“ selbst Herrn Moleschott.

Geringelt wird die Schlange meist als Zeichen
Der Ewigkeit — Grabmälern einverleibt.
    Welch' mangelhaftes, ärmliches Vergleichen!
An jenen Blinden mahnt's, der's auch so treibt:
    Posaunenschall dünkt ihm das Scharlachrothe.
Sprecht, statt von Schlange, lieber noch vom Boote,
Das ewig fern vom dunk'len Ufer bleibt.

    Die Ewigkeit: ein Zirkelkreis, ein Bogen,
Ein hoher Berg, den Niemand noch erklomm,
Würd' endlich doch vom Menschengeist erflogen,
Vom kühnen, bei dem Ruf: „zu schau'n, o, komm'!"
    Vom Gipfel, wo die Höh'n sich wieder senken,
Da könnte dann der Mensch das Letzte denken:
Der Ewigkeit Urthal, dem Gott entglomm.

    Ach! weder mit dem Boote, noch der Schlange,
Dem Zirkeltanz, dem Bogen, noch dem Berg
Paßt der Vergleich. — Laß' ab, o Mensch, vom Drange
Zu überspringen Deines Geistes Pferch.
    Hineingebannt, gleich Schafen, in die Schranken
Laß' schweifen nur hienieden die Gedanken.
Zum Erdenrief' erhebe Dich vom Zwerg,

    Doch unbeschadet jeglichen Verhaltens,
Das eines zweiten Lebens würdig macht,
Falls uns der Gott des räthselhaften Waltens
Fortbauer, voll Bewußtsein, zugedacht. —
    Untrüglich zeigt Vernunft die rechten Pfade
Zu Ihm hinan. Dem Spender mancher Gnade
Sei Dank darum im Wandel dargebracht.

    Verblendet auch sein Glanz, ihn nah zu schauen,
Das Bild, das sich Vernunft von ihm erschafft,
Kann unsern Geist erhabener erbauen,
Als wo der Glaube blieb in strenger Haft.
    Des Glaubens Höhenflug dünkt blindes Schwärmen,
Mag Frauen — Glaubensglut das Herz erwärmen,
Der reife Mann verlangt des Geistes Saft.

Nicht desto minder achtet Jeden,
Der fest an einer Offenbarung hängt,
Wenn ihn das Wort in Schrift und Reden
Der sie Verneinenden nicht kränkt
Und nimmer ihn beim schönen Glauben
Laster des Heils berauben,
Das Gott den bessern Sterblichen nur schenkt!

Im frommen Drange nach des Himmels Stufen
Gewährt es Trost dem gläubigen Gemüth,
Kann im Gebet zum Gott es rufen,
Der, unter uns, für Menschenwohl geglüht
Und uns gezeigt die Pfade
Hinan zum Reich der Gnade,
Wo, statt der Grüfte Moos, sein Paradies erblüht.

*　　*

So bleibt auch Worms noch Großes unbenommen,
Selbst Größeres zu sein denn je zuvor.
Nicht jene Größe zwar mag wiederkommen,
Die Worms durch Frankreichs König einst verlor.
Heißt Rom sich ewig und Genf sich Rom Calvins,
Sei Worms noch weit mehr, noch stärkerm Kernhall dien's:
„Der Menschheit Licht=Stadt" strahl' an jedem Thor.

Ermöglicht aber wird doch nur so Hohes,
Baut Worms vereint des Lichtes Riesenwall,
Vor dem abprallt so listiges als rohes
Anstürmen, wie vor Jahren überall,
So roh, daß es Mataras Kind ⁵⁴ erbeutet',
Was mehr als Tetzel, mehr als Rock bedeutet
Und statt auf Sieg, hinweist auf tiefen Fall.

Zwei Kinder rauben, wie der Papst es wagte,
Priester verhaften, wie's der Bischof wagt;
Es zeigt, wie trüb' es hier und jenseits tagte,
Da, wo der Wahn den Glauben überragt.
　Ach! es zerstörten Lainez[35] Söhne
Im Römling wiederum das Menschlich-Schöne;
Nichts übrigt, was dem reinern Sinn behagt.

　Der Kinderraub empört im höchsten Grade
Bis zur Verzweifelung das heiligste Gefühl.
　Er fügte zu des Papstthums Todtenlade
Die Henkel noch hinzu. Vom sanften Pfühl
Stürzt er um ein Jahrhundert früher es herunter.
　Unthaten wuchern munter
Oft unsichtbar und ferne vom Gewühl.

　Das Spiel, das lange schon des Oheims Neffe
Mit Romas Papa trieb, zu seinem Schutz,
Beweist Verstockten selbst, welch' Loos ihn treffe,
Wie Neffens Huld umschlag' in argen Trutz.
　Emanuel[36] ist wieder fromm geworden:
Kein Simson! denn sonst stürzte mit den Horden
Der morsche Bau; da hülfe kein Verputz.

　Doch wandle Deutschland seine eignen Wege,
Auch so die Stadt, als lichter Theil davon.
　Was Welschland, Frankreich, Spanien erwäge
Ob Dem, an Gottes Statt, auf wankem Thron,
Das erst abwarten, ziemt nicht dem Germanen:
Bestimmt zum Vortritt in des Geistes Bahnen;
Darum auch sprech' er dem Verzuge Hohn.

Worms,
in seinem Denkmal
(mit tausendfachem Widerschein).

———

Schaut's Denkmal an, das Luthern nicht allein gilt,
Sondern zugleich dem Kampf' der sich erhob
Gegen des wahren Christenthumes Scheinbild,
Um das die Nacht nur todte Flimmer wob.
   Holzstöße dienten ihr, als grasse Leuchte,
Die Tausende im Flammentode beugte,
Erlag ihr Geist, aus Schmerz, dem Glutgetob'.

Weil's Denkmal gilt dem Sinn im Allgemeinen,
Der endlich überwand die Ungebühr,
Seht Ihr um Luther her auch die erscheinen,
Die mit ihm treu gestritten für und für,
Damit des Menschen Schmach sich nun verwandle
In Geistesfreiheit und nun mündig handle
Von Dem Gott will, daß ihn kein Wahn verführ'.

Das Denkmal gilt darum selbst allen Denen,
Die Luthern vorgekämpft, d'rum mehr gethan
Als nur der Kirche Hebung zu ersehnen,
   Selbst Heiden gilt es auf des Lichtes Bahn,
Zunächst jedoch des Mittelalters Braven,
Die nicht gescheut die fürchterlichen Strafen,
Galt es die Wahlschlacht gegen List und Wahn.

Die Päpste selbst, die Besserung versuchten,
Schließt auch darum in sich des Denkmals Sinn,
Doch ebenso die Männer, die verruchten
Schandpäßten zuschrie'n: „Zur Höll' entrinn'!"
Zwar all', die Einen, wie die Andern, leider!
Der Uebermacht erlagen ihrer Neider,
Der finstern Zeit und allem Schlamm darin.

So gilt das Denkmal auch Clemens dem Zweiten:
Es herrschten da zugleich drei Päpste gar.
Der Kaiser kam und endete ihr Streiten
Und setzte Clemens ein auf kaum ein Jahr.
Gift rief ihn ab; doch schon Leo der Neunte,
Der, statt auch gut, dem Laster nur befreund'te,
Verdammte den so frommen Berengar.

Dem gottgelahrten Manne widerstrebte
Zu heucheln, was er innen nie geglaubt.
Auch ihn der Menschenwürde Geist umschwebte,
Der einst gestrahlt um des Erlösers Haupt.
Deßhalb ist er sammt Clemens beizuzählen
Den ungebeugten, den erhabnen Seelen,
Die Luthers Standbild lorbeerreich umlaubt.

Wie schon gerühmt, im hohen Denkmal spiegle
Der Geist sich, der seit Jesu Kreuzigung
Gestritten, daß der Kerker sich entriegle,
Der stets gehemmt der Seele freiern Schwung.
Im Standbild liegt der Kampf — und Sieg nun endlich
Der bessern Menschen gegen die, die schändlich,
Statt Völkerglück's, gebracht — Verkümmerung.

* *

Darstellen kann das Denkmal ja nicht Alle;
So schaut der Bessern hier noch einige!
Manch' wackern Priester zwar verbirgt die Halle,
Wo stilles Gift gethan das Seinige.
Dort's Bischof, selbst beim Abendmahl vergiftet,
Zeigt wie der Frevler dort noch Unheil stiftet,
Wo Gott gebeut, daß er sich reinige.

Einer der Schlechten — Innocenz der Dritte
Verurtheilte den Priester Almerich,
Weil er den Bilderdienst, ganz in der Mitte
Der Anbetung, dem Götzendienst verglich.
　　Auch ihm gilt's Denkmal, sammt den Albigensern,
Von Innocenz vertilgt und den Ergänzern
Der Grausamkeit, die keiner andern wich.

　　Es gilt auch Denen, die der Spruch der Pfaffen,
Inquisition genannt, hingab der Qual.
　　Reichthümer ihren Opfern zu entraffen,
Das war dabei der Hauptgrund allzumal.
　　Auch wie sie einen Mann von Geist erwittert,
Ja, nur geahnt, den weihten sie erbittert,
Wenn nicht dem Tod, dem Kerker sonder Strahl.

　　Das Denkmal gilt im umgekehrten Sinne,
Darum Gregor, dem Neunten — Ränkeschmied.
　　Ha! dieser schuf, der Hölle zum Gewinne,
Das schreckliche Gericht, der Kirche Glied!
— Es gilt vor allem auch den Hohenstaufen,
Dem Pracht=Geschlecht im ritterlichen Raufen,
Das, bis es unterlag, der Papst verrieth.

　　Das eherne Gebild gilt auch dem Fünften
Der Cölestine, Papst voll Edelmuth,
Der es versucht, die schlimmste von den Zünften,
Wenn sie entartet, wieder zu der Glut
Geheiligten Beruf's zurückzuführen. —
　　Er dankte ab. — Durch eines Thurmes Thüren
Stieß ihn in Nacht zum Hungertod die Brut.

　　Ihr Haupt, das hieß: Papst Bonifaz der Achte,
Weil Cölestin beim Volk in Ehren stand,
Besorgte der erschleichende Bedachte:
Die Krone, sammt dem heiligen Gewand,
Mög' ihm das Volk hinwiederum entreißen
Und rückerstatten Cölestin, dem Weisen;
D'rum stieß ihn Bonifaz in's Schattenland.

Ferraras Hermann gilt auch Luthers Bildniß,
Den Bonifaz, obwohl längst heilig schon benamt,
Der Gruft entwühlend, hin zum Holzstoß wild riß:
Ein Ketzer nun! vom Flammen-Gold umrahmt,
Als eine zwanzig Jahre alte Leiche.
    Das dreizehnte Jahrhundert jetzt zur Reige
Sah noch der Bösen Wahnsinn nicht erlahmt.

*   *

In's vierzehnte Jahrhundert eingetreten,
Verdarb der fünfte Clemens, ob des Gold's,
Dem es nur galt, nicht ob des Fehl's im Beten,
Die Tempelherrn; wie Hermanns Leich' am Holz
Zerloderte, weil frei der Greis gepredigt:
    Der Priesterstand, ganz Jesu Sinn entledigt,
Sei lasterhaft, anmaßend, roh und stolz.

    Wär' Luther's Zeit im Anzug schon gewesen,
Was durch Johann den Zwanzigsten geschah,
Den grimmen Papst, das wäre nicht zu lesen:
„Verbrennen ließ er gar zu Padua
Lebendig einen Bischof, ohn' Erbarmen."
    Auch dieser würde froh das Bild umarmen,
Wäre der längst Verklärte wieder da.

    Genug läßt nimmer es sich wiederholen:
Als Sonnenwende hin zum Lenz voll Reiz
Verehret Luthers Denkmal unverhohlen;
    Als lichtumspieltes Alpgebirg der Schweiz,
Vom Glüh'n der Morgendämmerung ergriffen;
    Als Leuchtthurm auf dem dunkeln Meer den Schiffen,
Verblich im Grau'n der Hoffnung Stern bereits.

Zu Benedikts Zeit, der Rohheit und des Hasses
Erklang Petrarcas Lied der Liebe nur.
    Wie mischte sich so Zartes und so Grasses?
Wie hohe Menschlichkeit und Unnatur!
    Des Ritterthumes Glanz erhob die Minne
Zum Dienst der Schönheit, frei vom Dienst der Sinne.
— Lilien bei Wust und Schierling auf der Flur!

    Petrarca, wenn dem Grab er sich entränge
Und uns besuchte, Luther zu beschau'n,
Verstärkte gerne seine Laura=Klänge
Von Lieb' und Schönheit im Gefolg der Frau'n.
    Gleich König Davids Harfe, die den hohen
Jehovah pries, erhaben selbst im Drohen,
Würd' auch Petrarca dann uns ganz erbau'n:

    Petrarca, von des Standbilds Schönheit trunken,
Der Schönheit, die der Liebe Schwester heißt,
    Petrarca, in den Sinn des Bilds versunken,
Den Sinn so tief, daß er die Welt umkreist,
Erhöbe dann der Schwestern Paar zur Dreiheit:
    Der Lieb' und Schönheit und der Geistesfreiheit,
Als der Vereinigung von Herz und Geist.

    Ihr ruft! zurück noch haltet, finstere Gestalten
Der Mitternacht, mit Eurem dumpfen Laut.
    Kann noch des Zwielichts Glanz sich nicht entfalten,
Vor Euern Mauern, hoch herauf gebaut,
Beim Sänger, hört es! will ich noch verweilen
Und dann erst hin zum sieb'ten Urban eilen,
Vor dem mir zwar wie vor Euch selber graut.

*   *

Ob auch zur Zeit Petrarcas noch die Schwere
Des Mittelalters auf der Menschheit lag,
Italien gebührt des Ruhmes Ehre,
Daß es der Nacht zuerst entrang den Tag.
    Die neu belebte Wissenschaft und Dichtung
Dort allgemach bereitete die Sichtung
Der Finsterniß sammt ihrer Geistesschmach.

    Altgriechenlandes ewige Gebilde
Sie traten auf in leuchtender Gestalt,
In anderen Gewändern, doch die Schilde
Athenens und Achillens waren alt.
    Die alten Götter drängten den zur Fratze
Entstellten Gott, mit ausgeraubtem Schatze,
Mit ausgestoch'nen Augen — ohne Halt.

    So mußte selbst das Heidenthum ausscheuern
Den antichristlichen Augias-Stall,
Dem Wrack auch helfen nach dem Hafen steuern,
Der später ihn erhob aus dem Zerfall.
    Der Hafen ist was sich durchsetzt — als Wahrheit,
Bei jedem Volk, ob in des Heilands Klarheit,
Dem Licht —: Vernunft, dem Glanz der Götterhall'.

    So frischt das Schöne längst vergangner Tage
Nachwirkend oft das Schöne wieder auf.
    Auch so verdankt der einst so guten Lage
Das früh're Worms den Sporn zum Ruhmeslauf,
Vornehmlich aber seinen großen Männern,
Wenn es so schön gedieh, daß es Bekennern
Der neuen Lehre, doch der alten Tauf'

    Vor jeder andern Stadt ward auserkoren
Zum kaiserlichen Reichstag und Gericht.
    Ging auch in Flammen ihr der Glanz verloren,
Wir danken ihr darum doch minder nicht,
Was sich nun wieder Großes hier vollendet
Und jedem einen Strahl der Schönheit spendet,
Der annaht, als ein Freund vom holden Licht.

Wie thut es wohl dem Schönen nachzuschwärmen!
Den Geist auf wüster Sandbank macht es flott.
    Was kann die Seele stärkender erwärmen,
Was mehr erheben zu dem wahren Gott?
    Ob uns dabei die Schwarzen und die hagern
Gefährten der Alltäglichkeit umlagern,
Als die Vertreter von des Lebens Spott?

    Gleicht nicht die Rotte jener Schaar Gesandten,
Die gern am fremden Hof den Frieden stört?
Kunst, Liebe sammt Natur nicht dem Verbannten,
Dem flüchtig nur die Heimath angehört?
    Der Güter höchste selten wir recht wahren;
So wandelt, fern von solcherlei Gefahren,
Zum Denkmal hin! das keinen Sinn bethört.

*   *

    Trauer beschleicht uns meist beim Niedersteigen,
Aus lichten Höh'n zurück zum Thal von Moor.
    Noch trüberes Gefühl wird uns zu eigen:
Der Schauder drängt nun wiederum sich vor;
Denn Clemens Gegenpapst: Urban der Sieb'te,
Vorgängern gleich, nur Grausamkeiten liebte;
Er ragte über Alle fast empor:

    In's Meer versenken ließ er Cardinäle,
Hinrichten auch noch drei zu Genua.
    Damit zu der Abscheulichkeit nichts fehle,
'sVolk ihre Leichen dann verbrennen sah.
    So weit ja ging das ganz entmenschte Wüthen:
Der Cardinäle Asch' gesammt den Hüten,
Ward umgetragen noch zur Rache da.

Sie traf solch Loos, weil sie gewählt Clemensen
Den Siebenten; wie schon vorher, aus Groll,
Der Sechste, der den Ablaß schuf zum Glänzen,
Mainz' Fürstbischof behandelte so toll,
Daß er ihn seines Amtes kühn entsetzte,
Weil dieser seine Wahlpflicht nicht verletzte
Und lieber in der Niedrigkeit verscholl.

Die Cardinäle, sammt dem Fürstbischofe,
Wenn sie das Reich der Seligen empfing,
Schauen versöhnt das einst noch öde schroffe
Geklüft der Zeit, wo Fels an Felsen hing,
Durch Geistes Wucht, zum Hügelland gemildert,
Den ärgsten Wust im Erdenthal entwildert
Und hier in Worms des Umschwungs Zauberring.

Von hier entschweift ihr Blick bis hin zur Tiefe,
Da schaudert ihnen: Ach! sie seh'n Johann [37]
In dreiundzwanzig Teufeln, schrei'nd: „O! Krone triefe.“
Und zu zerfließen Perl und Stein begann.
    Er haschte nach den Tropfen, doch vergebens!
Zu endigen die Qualen eines Lebens,
Das, trotz der Flamm' umher, ihm nie zerrann.

Die Tropfen waren's Gift, das er, noch Cossa,
Noch Cardinal, vom Arzt Marcillias
Erkauft, weil er den Papst gern schon Genoß' sah
Der Seligen. Mit dem geheimen Paß
Ging sanft der Fünfte Alexander schlafen
In Frieden nach des Glaubens stillem Hafen,
Gewahrt vor beider Gegenpäpste Haß.

Wie's Innocenz der Dritte schon erwogen:
Des Abendmahls theilweisen Vorenthalt
Ward durch den Fünften Martin nun vollzogen.
    Herstellung längst in beiderlei Gestalt
Verdanken wir auch Luther, hier im Standbild;
    Was uns der Heiland bot mit eigner Hand mild,
Geraubt zur Hälfte, ließ die Herzen — kalt.

Den Kelch, den treulos Martin weggenommen,
Erhob zum Bundeszeichen der Hussit
Und ist dafür im eignen Blut geschwommen
Und dem der Deutschen, bei dem wilden Ritt'.

Manch' Hunderttausend mußte da verbluten,
Theils untersinken in der Moldau Fluten.
— Ob für solch' Wüthen Jesus Christus litt?

Der Mann, der dieses Unheil gern verschuldet,
Steht in dem Buch des Fluches vorgemerkt,
Weil ja der Heiland auch für ihn geduldet
Und in der Glaubens-Duldung uns bestärkt.

Welch' schönres Loos ward diesen hier beschieden!
Zu ihnen hin! zu dieses Denkmals Frieden,
Dem Frieden auch von oben uns vererbt. —

Im treu geschichtlichen Verlaufe zeigte
Bisher sich Euch des Mittelalters Bild.

Das Schwächre stets dem Höheren sich neigte;
So tritt Zeitfolge hier auch ab, wo's gilt
Fünf Männer, die sich inniglich ergänzen,
Gleichzeitig mit dem Lorbeer zu bekränzen
Und mit dem Lichte, das aus Höhen quillt.

Vier schaut davon um Luther in der Mitte:
Es ist Pierre Waldus erstens, der Franzos;
Wicleff nun folgt, der hochgelahrte Britte;
Der Böhme Huß, als Märtyrer so groß!

Welschland's Savonarola nennt den vierten
Vorkämpfer Luther's! traun! vom Geisteshirten,
Dem nur allein zufiel des Sieges Loos.

Ob auch erlag der andern Vier Bestreben,
Sie haben Theil an seines Ruhmes Kranz.

Streiten und sterben sah man sie — nicht beben,
Blieb auch von zwei'n der Tod noch grausam ganz.

In diesen Fünf' die Völker wir gewahren,
So damal noch zumeist gebildet waren;
Darum auch schwangen sie des Geistes Lanz'.

Sie stehen Alle da — ein Bild der Weihe,
Als die Vertreter unsres höchsten Guts.

Sie sind der gute Geist, der in sich freie,
Ahrimans Gegensatz, sie sind Ormuds,
Bei Parsen und auch aller Orts zu finden,
Bestimmt den Geist der Nacht zu überwinden,
Durch Gottes Licht, nicht auf dem Weg des Blut's.

Wir beten nicht für Anderer Bekehrung;
Wir wünschen ihnen Heil, aus Herzens Grund
Und überlassen Ormuds die Belehrung
Zur Einsicht in der Bruderliebe Bund.
Er nahm hinweg die Zeit vom Glaubens=Hader
Beim deutschen Volk; denn gegen Haß=Entlader
Gibt des gesammten Volkes ^{**} Haß sich kund.

*   *

Wir kehren nun zurück zu der Geschichte.
Da finden wir gleich Thomas Randon werth
Beim Denkmal auch zu prangen, hoch im Lichte,
Weil er der Kirche Reinigung begehrt.
D'rum ließ Eugen der Vierte ihn verbrennen,
Ihn, der gemahnt. — Platin blieb auy zu nennen;
Paul riß zum Kerker ihn vom stillen Herd.

Nachfolgte diesem fürchterlichen Papste
Sixtus der Vierte, kaum so schrecklich auch;
Ha! unter ihm fand Spanien die begabt'ste
Gespielin, aus der Hölle düsterm Schlauch.
'sSpiel Foltern hieß, die Kerker: — Fremdenzimmer;
— Kettengerassel darin und Gewimmer!
Hermandad hieß die Zofe, Tod — ihr Hauch.

Das Heimathrecht erlangte bald die Schöne,
Zum Spiel auch einen ungeheuren Raum.
  Hinzog sich ihrer Puppen Nacht=Gestöhne,
Gleich eines vorweltlichen Riesens Traum,
Weit über's Meer, bis zu den fernen Strecken,
Die Spanien erst erworben durch Entdecken;
Sicilien sah man darin fast kaum.

  Der Hulda Raum zu den Belustigungen
Umschloß ja noch Westindiens Inselland
Und Flandern, ha! wo Alba mitgesungen,
Wenn man ein winzig Ketzerchen verbrannt.
  Die Flamme spielte hier um Flanderns Söhne,
Um Jude dort und Heid' und Sarazene.
Auto da Fé ward bald das Spiel genannt.

  Tief in des düsteren Gebäudes Gründen
Verstarben Dirnen eines stillern Tod's,
Sobald, geheim zu Lüsten zu entzünden,
Der Reiz entschwand des holden Wangen=Roths.
  Daß Spuren nie entdeckbar noch Gebeine,
Ward klug vollführt; — nur Auskunft fordert keine!
Doch der Gespielin Vorsicht, — sie gebot's.

  Wenn Alle, die so weit getrennt einst lebten,
Nun Kinder eines höhern Reich's des Lichts,
Die einst vor ihrer grausen Freundin bebten,
Wenn Alle niederstiegen, angesicht's
Von Rietschels Meisterwerk, o, welch' Frohlocken
Der Geisterwelt! das Auge blieb' ihr trocken,
Selbst eingedenk des geistlichen Gerichts.

  Im hohen Standbild läge die Verbriefung
Daß kein Torrequemada[39] wiederkehrt,
Der aus des Abgrund's scheußlichster Vertiefung
Heraufgedacht, was ihn so schrecklich ehrt,
Daß selbst den andern Teufeln vor ihm schaudert,
Wenn Lucifer, dem sie davon geplaudert,
Ihm nun, bei Hof, den Vortritt nicht verwehrt.

5*

Gilt's Denkmal hier auch Luthers Kampfgenossen,
Ward doch nur ihm das Glück von Winkelried.
  Er ragt empor, vor Allen ruhmumflossen,
Weil er, dem Schweizer gleich, den Sieg entschied.
  Zwar sind vereint sie eines Baumes Same,
Und tönt zuweilen auch nur Luthers Name,
Umfaßt doch allesammt sie unser Lied.

  Wie freudig würden Luther auch beloben,
Im ehrnen Bild, die Männer und die Frau'n
Von Nola, die ob aller Laster Proben
Der Päpste sprachen: „Hier in diesen schau'n
Statthalter wir, doch von des Sündpfuhl's Lache,"
Wofür des achten Innocenzens Rache
Sie dicht umzog mit seines Bannfluch's Grau'n.

  Auch jubeln würden aller Völker Zungen,
Die er beschenkt mit dem Verzeichnisse
Des Sündenfreikauf's, das ihr Geld verschlungen.
— Berauscht vom Fortschritt der Ereignisse,
Frohlockten sie: „Den Raub muß Rom erstatten;
Was Rothschilds haben und was Fuggers hatten,
Ist nichts dagegen im Vergleichnisse."

  Nicht könnte Mancinellus Lob sich mischen
In der Entzückten allgemeines Lob,
Ja selber nichts von Anerkennung zischen,
Gen Himmel auch die Hand er nicht erhob;
Denn diese sammt der Zunge ließ ihm kürzen
Der sechste Alexander, den zu stürzen,
Welcher des Lasters Schleier ihm zerschob.

  Am Schluß beinah vom fünfzehnten Jahrhundert,
Ein Viertel kaum vor Luthers großem Sieg,
Ließ er verbrennen, den wir schon bewundert:
Savonarola, der des Geistes Krieg
Begonnen hatte ob des Papstes Laster,
Auch bei den andern Priestern ein Verhaßter,
Weil er der Kirche Fall gedacht, statt schwieg.

Savonarola war Dominikaner
Wie Luther Augustiner. Ob nun zwar
Sich Beider Orden schmähten; als Vermahner
Zeigten doch Beide sich dem Kirchen=Czaar.
    Hätt' Alexanders Ohr gehört solch Rufen
Kam Luther nicht und wies: Das Gold der Stufen
Sammt Leos Thron sei falsch wie Judas war.

    Papst Alexander hier und Alexander
Von Macedonien, welch' ein Gegensatz!
    Der König drang, beim siegenden Gewander,
Bis zu des Brahma weit entlegnem Schatz.
    Er ehrte hoch, die hier den Gott umdienen
Und als der Weisheit Spender ihm erschienen.
    Der Papst blieb lieber auf der Wollust Satz.

    Statthalter Gottes nannte sich der Eine,
Der Andre war nur Heide, doch bestrebt,
Persiens und Indiens Bildung im Vereine
Mit Griechenlandes Bildung, eng verwebt,
Auf desto schönern Höhen zu erblicken. —
    Was Alles je der Papst verübt, ersticken
Würd' es im Mund, der es zu sagen bebt.

    Ob unsres Denkmals Friedenskraft und Segen
Wären sogar die Cardinäl' entzückt:
    Der Raub, der Mord zu Rom war so verwegen,
Daß er, bei Nacht, die Sicherheit erdrückt,
Und wankten nun die Frommen spät nach Hause
Von eines Zechgelages milderm Grause,
Bedeckung nur die Herrn dem Dolch entrückt'.

    Wir sind nun angelangt zu Leos Tagen;
Prachtliebend war er, ja verschwenderisch;
Sonst ließe sich manch' Gutes von ihm sagen.
    Mainz' Kurfürst hielt auch einen flotten Tisch.
Er hatte hoch vom Papst erkauft die Würde;
    Da riefen Beide, ob des Aufwands Bürde:
„Tetzel so geh! und unsern Schatz erfrisch'!"

Im ew'gen Rom, im goldnen Mainz beachten
Gering sie, was ein Mönchlein unternahm:
    Die fünf und neunzig Sätze Luthers fachten
Gewaltig an; zwar ging der Ablaßkram.
    Die Sätze zogen rasch umher im Welttheil,
Sie galten ja dem Seelenheil und Geldheil;
    Stark vorbereitet fand sich was nun kam:

    Europa lugte nach Wormatiens Zinnen;
Aus allen Ländern waren Männer da.
    Ha! Luther sprach; — erstaunt, bestürzt, von Sinnen
Der Spanier und der Welsche sich besah.
    Feststand der Wahrheit Sieg für alle Folge,
Trotz ihres Gift's, trotz ihrer Wuth und Dolche;
    Doch blieb die Missethat und Rom sich nah.

    Clemens der Siebente hielt frech zum Bösen:
Des Lasters Riese ragt auch er empor.
    Die Welt von dem Verworfnen zu erlösen,
Trat kühn ein braver Cardinal hervor.
    Colonna hieß des schlechten Papstes Kläger.
Ein Reichstag ward der Sündenlast Erwäger.
    Die Schuld an Roms Erstürmung trug der Thor.

    Mit Freuden säh' Colonna hier auch Luther;
Freud' auch empfänden Julius Farnes'
Zwo tugendhafte Schwestern — sammt der Mutter,
Die, was im treuen Zeitenbuch ich les',
    Auch Gift empfingen, wegen Widerstandes
Gegen Verlockungen des Sinnenbrandes
    Des sechsten Alexander — Romas Äne's.

    Anreihen würden gerne sich den Vieren
Der wackre Cardinal Fulgosius,
Verger und Contarenus, 's Bild zu zieren
Mit einem zu ihm hin geschickten Kuß.
    Weil sie gewagt zu mahnen Paul den Dritten
An Jesum, der ein Es'lein nur geritten,
    Half Gift auch ihnen zu des Lebens Schluß.

Selbst von den vielen tausend unheilvollen
Geschöpfen Roms, die hohe Steuer traf,
Würden die beffern vor dem Bilde grollen,
Weil Schuh — Paul ihrem Wandel bot, nicht Straf';
    Aus tiefgehöhlten, bleichen, thränenfeuchten,
Reumüthigen Gesichtern spräch' ein Leuchten:
    „War Der mein Hirt, wär' ich kein räubig Schaaf."

    Auch dankt Dir, Paul! die Welt der Jesuiten
Bestätigung: das schleichende Gespenst
Der Wirklichkeit, mit seinen dumpfen Tritten,
Das in der Finsterniß wie Teufel glänzt.
    Es scheint die ewig währende Verschwörung
Gegen der Menschheit Wohlfahrt, durch Bethörung
Und Alles was an Höllenspiele gränzt.

    Dicht neben Luthers Bild empor zu ragen,
Verdiente des Gethiers Vertilger wohl,
„Der große Ganganelli" ziemt zu sagen;
    Für solchen Geist klingt: „Papst Clemens" zu hohl.
Er wußte, daß die Großthat Gift ihm bringe,
Und doch zerhieb er jener Schlange Ringe,
Die sich erdehnt vom Glutland bis zum Pol'.

    Pius der Sechste bald sie wieder hegte,
Nachdem sie Ganganelli's Schwert zerstieß.
    Den Keim zu ihres Dasein's Unheil legte
Hispanien; Rom aber längst erwies
Sich größer noch: es hatte früh erbrütet
Jenes Gericht, das streng den Glauben hütet
Und Hunderttausende hinmorden ließ.

    Wenn beide Länder sich beschenkt einander
So grausam, ach! was kann die Welt dazu?
    's sind Schiffe, die beschert sich Leck und Brander:
Gut angebracht — des Unterganges Ruh'!
    Weil sie jedoch den Spaß so weit getrieben,
Daß manches Land mitfühlte, wie sie lieben,
Zahlt ihnen Wartegeld der Hölle Truh'.

Aus ihrem Geifer sich die Schlang' erneuert
Und schleicht nun wieder um, bedroblich fast.
   Den Großen sie, beim höchsten Fluch, betheuert,
Daß sie den Zeitgeist in der Luft erfaßt
Und ihn zerrauft, bis er der Nacht sich füge,
Dem Reich der Dummheit, Knechtlichkeit und Lüge;
   Doch drückt den Alp zu Grund des Riesens Last.

   Ja, zu des Standbilds heiligem Reviere
Wagt sich des Scheusals Tatze nicht hinauf.
   Ein unterirdisch Poltern und Gewiehre
Verendet in hinsterbendem Geschnauf'.
   Aus lichten Höhen verkündigen Psalme,
Daß Gottes Strahl das Ungethüm zermalme.
   Beim Schau'n des Denkmal's gäb' den Geist es auf.

* *

   Bevor wir Romas fahlen Glanz verlassen,
Gedenken wir noch zweier Päpste nun:
   Des dritten Julius erst; er ließ verfassen,
Von drei Bischöfen, was da sei zu thun,
Um Luthers neuer Lehre so verwegnen
Fortschritten besser hemmend zu begegnen
Und fröhlich auf Sanct Peters Stuhl zu ruh'n.

   Wie Schade, daß der umfangreiche Bogen
Gutachtlichen Bescheid's hier nicht erlaubt,
Ihn ganz Euch mitzutheilen! Wohlerwogen
Ist jeder Satz. Die Schrift hat Fuß und Haupt.
   Wir müssen uns auf Weniges beschränken:
Sie riethen sehr, den Kindern Tand zu schenken,
Weil leichter da der Mann daran noch glaubt.

Abläffe nur mit Vorficht hinzugeben,
Empfahlen fie, in Anbetracht der Zeit;
Den Gottesdienft durch Prunf oft zu beleben —
Und hundert neue Bifchöfe geweiht!
Sie anerkannten auch: die Wahrheit ehre,
Mehr als der Papft es thu', die neue Lehre,
Zwar feine nur zu glauben — ftets bereit.

Das Wichtigfte von Allem bleib' indeffen:
Die Schaar Ungläubiger im eignen Schoos
Gefährde nicht, ob noch fo unermeffen;
Die füge fich gleichgültig in ihr Loos,
Stillfchweigend auch; doch lieg' es in dem Wefen
Des neuen Glaubens, in der Schrift zu lefen
Und laut zu rügen jeglichen Verftoß.

Das griechifche Bekenntniß fammt den andern
Droh' ihnen wohl unendlich weniger. —
Und Das ift wahr: Mag Rußland ftets vorwandern,
Sein Kirchenprunf bleibt Roms Befchöniger.
An Maffen=Zahl kann einft den Papft es fchmälern,
Eindringen nie nach den verruf'nen Thälern,
Wo Gottes Donner groût volltöniger,

Volltöniger, ob jener Menge Räuber,
Die, ach! des Evangeliums Schätze ftahl
Und zum Erfatz ließ einen Sinnbetäuber,
Wie er fich oft der Sinnenluft empfahl:
Gefchmückt mit Quaften, Gold und bunten Farben,
Bei Licht und Weihrauch, Palmen, Blumen, Garben,
Einft in des Heidenthumes Jugendthal.

Der höhern Sinnlichkeit ift zu genügen,
Weit mehr noch der Vernunft, des Geiftes Braut.
Das Schöne hebt empor dann zum Vergnügen,
Dem nebenbei nicht vor der Hölle graut.
Das fühlt fich recht, hier vor des Denkmals Größe.
Vor diefen Männern, deren Geiftesftöße
Zertrümmert, was die finftre Zeit gebaut.

*   *

Des zweit' erwähnten Papst's wir nun gedenken,
Es ist Pius, der jetzt noch lebende.
  Statt in sein Bild, wir Euern Blick versenken
In das des Elend's, das erbebende
Der Römlinge, die noch ihm unterthan sind:
Durch schlechte Zucht, ganz zügellos, ganz wahnblind,
Unter des Frevels Last hinschwebende.

  Der Sitte, der Vernunft, dem Gottesthume
Spricht nirgend wohl die Christenheit mehr Hohn
Als g'rade dort, beredter als ein Hume,
Ja, viele Jahre, dort gerade, schon,
Wo geist= und weltlich jener Herrscher waltet,
Der sich zum höchsten Vorbild selbst gestaltet:
Statthalter Gottes — auf des Lasters Thron.

  Des Lasters Thron, das ist der Staat im Ganzen,
Der nur sich hält durch fränkisches Geschütz
Und durch des Höllners unheilvolle Schranzen:
Die Jesuiten — einst, so wirksam in Olmütz!
  Doch ganz allein des Bettelns wir erwähnen,
Des Lotto sammt der Flüche, sammt der Thränen:
Der Brosam=Spenden aus Sanct Petri Mütz'?

*

  Pius, der war auf schönern Bahnen
Bevor der finstre Orden ihn gelenkt;
  Sein edles Herz, es möcht' ihn gerne mahnen;
Sein Geist, durch ihn beirrt, ach! anders denkt.
  So sehen wir den Frommen auf dem Stuhle
Des Lasters, dieser frechen Buhle,
Die seiner Jugend Wirksamkeit verdrängt.

*

Wir übergehen was von schlechten Wegen,
Unsichern Straßen dort zu sagen wär',
Vom Mangel auch an der Gewerbe Segen,
Vom Zollgewirr, von Pfaffen Heer an Heer.
    Zwei Plagen nur der Weltstadt wir entnehmen
Zur Schilderung; zwar fremd ist Rom das Schämen:
Es däucht zu solcher Schwäche sich zu hehr.

    Die Bettelei gereicht dort nicht zur Schande.
Mönchsorden gleichsam leihen ihr ein Recht.
    Sie schweifen miteinander, als Verwandte.
Der Dieb und Mörder scheint dort nicht so schlecht;
    Als armer Teufel wird er gern entschuldigt,
Ja selbst der kecken Unthat wird gehuldigt,
Als Schattenbild aus abligem Geschlecht.

    Mitunter tragen Bettler dort selbst Orden,
Das heißt, am Knopfloch ein messingnes Schild.
    Wen solches ziert, strotzt aus den Bettler=Horden
Als Mitglied einer anerkannten Gild'.
    Auch spielen sie die Blinden und die Lahmen,
Erheben Steuern in Marias Namen,
Aus dem der armen Menschheit Segen quillt.

    Ein solch' Gemäld' eröffnet uns nie Luther,
Wo seines Geistes Samen Wurzel schlug.
    Des Lugs Beschönigung durch Gottes Mutter
Zeigt hinter sich des Elend's Erntezug.
    Darum sei Worms so stolz auf Luthers Bildniß,
Weil er uns aus des Geistes Oede Gild' riß
Und aus des Müßigganges Selbstbetrug.

*

Der Armuth Bild erscheint in seinen Zügen
Noch lieblich gegen das vom Lotto-Spiel.
   Der Bettler in dem schönen Land der Lügen,
Wann er vor einer Kirche niederfiel,
Um unter deren Hallen seinen Kummer
Hinweg zu tändeln in des Leichtsinn's Schlummer,
Nascht süßer Früchte dann im Traume viel.

   Das Lotto aber nagt, die giere Natter,
Mehr als der Hunger ihm am Eingeweid';
   Einsätze, klein selbst, schlingt, als nimmer satter,
Der öffentliche Schatz. Qual, Noth und Leid
Treibt fort zum Spiele; Jedem steht es offen.
   Des Priesters Gegenwart beim Zug, das Hoffen
Der Thoren noch durch Kirchenflimmer weiht!

   Wenn Sonntags jeder Laden bleibt verschlossen
Und Nichts zu Kauf ist, selbst nicht Zucker feil,
Erscheint ein Gift bevorzugt, glanzumflossen,
Als lieg' allein in ihm der Seele Heil:
   Der Lottohändler schließt nicht seine Bude. —
Damit auch nimmer ruh' der Spielsucht Ruthe,
Blinkt Nachts sogar der finstern Hoffnung Pfeil,

   Der Pfeil, der jenes Mark durchbohrt im Volke,
Das noch der Wunderglaube übrig ließ.
   Ja's Lotto lastet — eine düstre Wolke,
Auf seinem Dasein, weil ein Paradies
Dem Armen vor der Ziehung wird geboten
Und nachher eine Niete, statt der rothen
Glückziffer, die als Täuschung sich erwies.

   Voll Unmuths grollt er über Gott und Pfaffen
Und Flüche treffen alles was er kennt.
   Empört, versucht sein Geist sich aufzuraffen,
Während der Hoffnung Todes-Wunde brennt.
   Des Volkes Elend's Fülle scheint unsäglich,
Der heil'ge Vater schaut's und hört's sonntäglich;
Statthalter Gottes sich der Milde nennt.

Auch Roma's Frau'n, in hohem Grad unwissend,
Fehlt nur der besseren Erziehung Grund.
    So manchen geistigen Genuß vermissend,
Steh'n sie dafür mit Sünd und Wahn im Bund;
    Doch leicht erregt, erhöben sie zu Räumen,
Wie solche Nordlands Frau'n im Lenze selbst nicht träumen,
Entflösse Geist dem feinen, welschen Mund.

    Das sittlich tief gesunkne Christen-Rom kann
Kein Weib aufweisen, wie Cornelia.⁴⁰
Ob auch der Papst noch den Gedankenstrom bann',
Zur Laster Hemmniß selten was geschah.
    Nur Heidin, mag die keuscheste der Frauen
Mit Stolz auf jede Martha niederschauen,
Erst Sünderin bevor der Jugend nah.

*   *

    Und auch das hohe Fest vom „kleinen Antheil",
So heißt verdeutscht die Portiuncula,⁴¹
Zeigt, wie der Ablaß noch — sammt Berget-Thran heil'
Unwohle Seelen dort und Körper da.
    Nachkömmlinge vom großen Capuziner
Zu Sancta Clara, dem berühmten Wiener,
Umwogt das fromme Volk von fern und nah.

    Der heilige Franciscus⁴² hatte eine
Erscheinung in dem: „Portiuncula"
Benannten Kirchlein; diese kleine
Veranlassung gebar so Großes da;
Heißt unsrer Frauen Fest nun von den Engeln,
Entladet, wie einst Tezel von den Mängeln
Sündigen Wandels ganz; Alleluja!

Die Sünde scheint mehr an den Frau'n zu haften;
Nur wenig Männer drängen sich herbei:
Vielleicht im Ablaßglauben die Erschlafften,
Durchgrübeln sie den heitern allzufrei.
An Frauen, Kindern und den braven Bauern
Besitzt der Glaube seine Felsenmauern
Und seine kaum erstürmbare Bastei.

Den Heiden, als sie schon am Untergange,
Wurde das Wort: „Pagani"[43] beigelegt.
Der Bauer klebt noch fest am alten Hange,
Wenn längst der Städter einen andern hegt.
'ß Wort: „Heidenthum"[44] bereits des Spottes Beute,
Entstand sonach aus dem der brävsten Leute!
Ihr seht, wohin gottlose Richtung trägt.

Darum ist es so wichtig und ersprießlich
Die Kinder nur den Vätern zu vertrau'n,
Den eignen nicht! nein, jenen, die da schließlich
Entpuppt, als Jesuiten uns erbau'n.
Wird dieser Schutz den Staaten, ach! entwunden,
Verbluten sie, durch hunderttausend Wunden,
Unter des grimmen Zeitgeist's scharfen Klau'n.

So dünkt die Welt verkehrt in allen Stücken;
Sie will durchaus: „Die Jesuiten fort!!!"
Und diese möchten allerorts beglücken,
Wo nicht durch rohen, doch durch Geistes Mord.
Wahr oder nicht, die Diener von Portiunkel
Sind braun, statt schwarz, demnach auch minder dunkel
Und d'rum die Vorhut nicht vom schwarzen Lord.

*   *   *

Wie lange soll der Völker Unglück dauern?
Hat nicht der Heiland jeden Fluch gesühnt?
Verklärt die Bildung nie des Geistes Trauern?
Sieht Gott sich stets vom Jammer nur umbühnt?
Die Priester, die den wahren uns entrissen,
Verstößt der freie Geist nach Finsternissen,
Sobald er seines Rechtes sich erkühnt.

Es liegt vor uns im Denkmal angedeutet.
Der Trieb zur Forschung nur das Heil erschwingt.
Wird mit Erfolg das Wissen ausgebeutet,
Der Mensch dann wieder hin nach Eden bringt.
Jahrtausende hindurch muß er sich mühen,
Bis wahrer Bildung Paradiese blühen,
Wie sie der Bibel Schöpfungslied besingt.

Sogar befürchtete der große Göthe,[45]
Das Wunderbare, das ihm Mährchen schien,
Verzögre noch der Menschheit Morgenröthe
Leicht Zehnjahrtausende. — Dahin,
Dahin kann nimmerdar es kommen,
Wird durch das Volk der Bildung Höh' erklommen,
Sogar trotz Muckerthumes zu Berlin.

*   *

Die wahre Bildung[46] ist ein Schatz im Worte,
Wie keine andre Sprach' ihn sich erklang.
Sie bleibt der Menschheit höchste, schönste Pforte,
Durch die bis jetzt kein Volk in Masse drang.
Sie heischt des Geists und Herzens reinste Kräfte,
Rechtschaffenheit bei jeglichem Geschäfte,
Körpergewandheit selbst und Thatendrang;

Vorab noch Geistes=Ruhe, diese Zierde
Am Mann, den keine Missethat verdarb,
Am höhern Weib, das, fern von jeglicher Begierde,
Hienieden schon den Himmel sich erwarb,
Am Gott sogar, deß Augen Wimper=Regung
Die Höhen des Olymp setzt in Bewegung,
Ja selbst am Gott, der unter Qualen starb.

Vielmehr scheint Geistes=Ruhe bloß die, Folge
Der Eigenschaften, eben angeführt.
Nicht kann die Brut der Schleicherei'n und Dolche,
Die Sittenmord zum Schlachtenruf erkührt,
Je finden jenen schönern Frieden,
Den bessern Menschen nur beschieden,
Denen allein der Tugend Glück gebührt.

Wenn Jesuiten wahre Bildung hätten,
Sie möchten nimmer Jesuiten sein.
Sie schmieden selbst sich an des Wahnes Ketten,
Gewunden um den falschen Petrus=Stein,
Den sie geholt aus jenen düstern Klüften,
Die nach des Abgrunds Wüsteneien düften
Und nach Loyolas giftigem Gebein.

Loyola war nur Schwärmer, 's ächte Gift erst legten
Mitgründer, wie Don Lainez, ganz hinein.
Dem Plane nach, dem höllisch=klug gehegten,
Sind ihre Leiter ungewöhnlich sein,
Die zweite Gattung: — schöne, noch nicht alte,
Die dritte — blindlingsfolgende, nicht kalte
Beförderer zum Geistestödter Hein.

Was läßt sich nicht mit solcher Gliedrung schaffen,
Was nicht ausführen zu der Völker Weh?!
Wie Sitte, Tugend gänzlich nicht erschlaffen
Vom Scheitel zu den Nieren bis zur Zeh'?!
Seht hin nach Paraguay, wo sie geschaltet,
Das Volk zum Knecht, zu Göttern sich gestaltet,
Im Bündniß mit der Hölle größter Fee.

Lainez verbleibt fortan der Inbegriff des Bösen,
Des neuern Teufels Geist, der umschleicht unter uns,
Der El-Mobhi,[47] der, statt uns zu erlösen,
Mit Dem es hält des düstern Klöstergrunds.
　　Wir nennen ihn darum oft in der Folge,
Wo's zu bezeichnen gilt die schlimmsten Strolche
Des untern Schustenbunds.

　　Wie viel schon Einer Unheil stiften könne,
Ein Land erfuhr's nach kurzem Zeitverlauf. — —
　　Was ihm ein König Gutes auch vergönne,
Des Unheils Schwere wiegt es nimmer auf.
　　Wo einer, schlangenglatt, sich eingedrungen,
Da hört das Volk sich bald von zwölf umsungen,
Ob auch nicht gleich des Satans[48] Mitgeschnauf.

　　Leicht wenden sich die Menschen hin zum Guten,
Zum Bösen auch; d'rum kann ein Lainez schon
Des Unglücks schaffen mehr als wir vermuthen:
　　Krüppel und Pest um der Verdummung Thron,
Abgründe, düstre, fürchterliche, schroffe,
Sibiriens Oede, wo das Wörtchen: „Hoffe!“
Dem Geist erklingt als Aberwitz und Hohn.

　　Wie lächerlich, zumal wie frech verwegen,
Wenn eines Lainez[49] Knecht in einer neuern Schrift
Freimaurer anfällt mit dem blanken Degen,
Bestrichen mit des Geifers scharfem Gift,
Um als Geheime solche todt zu schlagen.
　　Zwar völlig mag uns nirgend was behagen,
Was jetzt das Licht noch scheut von Flur und Trift:

　　Gutes zu thun, bedarf es keines Schleiers;
Beschränkt es sich auf Ordensbrüder bloß,
Ist's kleinlich, weil der Menschenliebe freiers
Geistiges Walten, unbeschränkt nur groß;
　　Doch darf man Maurer segnen, statt verfluchen
Und höchstens nur um Auflösung ersuchen,
Als eine vor dem Zeitgeist welke Ros'.

6

Sollte jedoch Begünstigung obwalten,
Zum Nachtheil Dritter, ohne Kell und Schurz.
Die doch beim Kampf, den Lorbeer zu erhalten,
Viel würdiger; — Deß Scharfblick, o, wie kurz!
Wem dann der Maurer nicht unsittlich, kläglich
Erschiene, selbst ganz völlig unverträglich
Mit unsrer Zeit und auch geweiht zum Sturz.

Indeß, wir hegen eine beßre Meinung
Von ihm — als was die Höll' zu ihrem Halt,
Als was ihr großer Meister der Verneinung
Heraufgebracht in Lojolas Gestalt.
Wie manchen gläubig starr Befangnen,
Von priesterlichem Truggeweb' Umhangnen,
Hob Mauerrei, als Aufgenomm'nen bald!

Hinge das Heil der Welt ab von dem Kampfe
Beider verkappter Ritter, unser Ruf
Beim Fall des schwarzen, klänge froh: „Zerstampfe
Dich Scheusal vollends ganz des Rosses Huf!"
So groß dünkt uns der Unterschied der Zweien;
Der schwarze bannt, der Maurer will befreien.
Den Dritten — Gott im Zeitgeist uns erschuf.

Es ist der Geist, der in des hohen Standbilds
Fünf Glaubenshelden sich geoffenbart.
An unsres Zeitabschnittes Dämmerrand gilt's
Vor Allem d'rum den Bösen, wohlgeschaart
Sich mit hinüber in das Licht zu drängen,
Um gällend den frohlockenden Gesängen
Frisch, Schach! zu bieten bei des Teufels Bart.

Wenn Herder sagt: Was kann der Mensch mehr wollen
Als wahr und gut sein?[50] ach! wie himmelweit
Davon Lojolas Geist, in seinem finstern Grollen
Gegen der Menschheit wahre Seligkeit,
In seiner Habsucht gieriger Erschleichung,
In allen schlechten Mitteln zur Erreichung
Verruchter Zwecke, jedem Staat zum Leid.

*

Blumauer, Jesuit vormalen,
Wie ging er über zur Entgötterung!
    Liebe die Kunst, worin die Heuchler strahlen,
Wahrhaften Schwung,
Am Ausgeschied'nen müßte da noch haften
Ein Glanz, den Lucifers[31] Hofnachbarschaften
Am Herrn gewahren in der Dämmerung.

    Statt einer zerrbildlichen Aeneïde,
So wohl gelungen sie bedünken mag,
Umzöge dann, wie Herdern schön im Cide,
Des hohen Ernstes rein'rer Blüthenhag
Den Dichter leicht mit jenen
Zaubergefilden, den allein doch schönen,
Voll ächtem Nachtigallenschlag.

    Voltair', von Jesuiten auferzogen,
Erforschte leicht, wo ihres Pudels Kern.
    Des Schülers Sinn ist Lehrern sonst gewogen;
Gar mancher hat sie gleich den Eltern gern.
    Verwünschte Voltair' dennoch sehr den Orden,
Als nur bedacht des Volkes Heil zu morden,
Murrt er im Grab: „Noch blinkt der dunkle Stern!"

    Verhöhner, Witzbold, Spötter mochte Voltair'
Gewesen sein bis zum Gottläugner fast;
    Auch hohen Ernstes war er fähig. — Wollt er
Brandmarken, wo das stärkste Brandmal paßt,
Gab er der Stirn zu Brennender ein Zeichen,
Wie kaum Galeeren-Sträflingen zu eigen;
Ihr Antlitz schien vom Fluche dann erfaßt.

    Dünkt uns Voltair' hierin oft übertrieben,
Im Wehgeschrei: „Die Jesuiten sind
„Der Menschheit schlimmster Feind!" verblieben
Des Dichters Worte mäßig, ja gelind.
    Wie Eugen Sue die Brut beleuchtet gräßlich,
Erscheint des Höllners Muhme minder häßlich,
D'rum jeder Lainez ihr noch wüster Kind.

Doch heischt Ihr strenge, wirkliche Geschichte,
So leset „Eugenheim", sodann Griesingers Buch;
   Es zeigt zumal den Feind im neusten Lichte,
War auch sein Schlachtruf jeder Zeit nur: — „Fluch!"
Dies grause Wort des Herrschers in den Tiefen,
Von dessen Geist Lojolas Jünger triefen
   In ihren Seelen, voller Mißgeruch.

   Das Schlimmste bleibt: — Sie haben Geld erschlichen,
Des Geld's in Masse, und das Geld gibt Kraft.
   Ja, wär' ihr Anhang allgemach entwichen,
Geld ihnen wieder anderen verschafft.
Abhängig hält es selber Freigesinnte,
Selbst Weiber, zwar auf andre Weis' erminnte;
   Einst sprengt des Volkes Wucht die schnöde Haft.

   Wahnsinnige, wenn sie in Zwischenräumen,
In lichten! ihres Zustand's Elend schau'n.
   — Sie schweben zwischen Wachsein und Noch=Träumen, —
Dann faßt sie der Verzweiflung wildes Grau'n.
So mögen auch in lichten Augenblicken
Die Jesuiten leiden; doch ersticken
   Den Himmelsboten gleich des Teufels Klau'n;

   Sonst würden sie, von ihm geführt, entfliehen
Aus ihres Ordens scheußlichem Revier,[52]
Vor Gott, zerknirscht, laut jammernd niederknieen
Und Kraft von ihm erflehen mit Begier:
Nach einem frömmeren Beruf zu ringen,
Wie Geistes=Meuchelei mit Klingen,
   Verruchter als Rinaldo's Gürtel=Zier.

   O! könnten wir ihr Inneres durchschauen,
Da, wo Gewissen noch verfangen mag,
Empfänden wir ein eigenthümlich Grauen,
Gleich frommen Heuchlern vor dem jüngsten Tag.
   Wir sähen, trotz der Ruh' in ihrem Aeußern,
Das Glück der Heiterkeit in Freudenhäusern,
   Die Lust in Wien ob Königsgrätz und Prag.

*   *   *

Wenn ganz allein die Mainzer Diöcese
Dem Papst dreitausend Franken zugesandt,
Für Lebsucht nicht noch heilige Gefäße,
Beträgt das Geld sehr viel, das außer Land
Für andre Zwecke fließt, dem Teut zum Schaden!
Denn auch der Dümmste könnt' es leicht errathen:
Für ihn, den Papst, wird nimmer es verwandt.

Die Deutschen waren schon im Mittelalter
Die besten Schafe dieses frommen Horts;
　　Gutmüthig sind sie halter!
Beisteuern die ihm treugebliebenen Lords,
Nabobe meist, nacheifernd mit Vergnügen,
Dann die Lojola über mehr verfügen
Als Taxis sammt dem Schatz des Donau-Orts.

Wie viel' Milliarden Geldes dummerweise
Nach Rom geflossen, seit dort Päpste sind,
Milliarden, aus Germaniens weitem Kreise,
Wer das berechnen könnte, ganz geschwind,
Wäre der größte aller Hexenmeister.
　　Besäß' Oestreich das Geld, wär's schätzefeister,
Als alle Staatspapiere reich an Wind.

Und schlüge man dazu die Zinseszinsen,
Kein Merlin spräche dann die Summen aus.
　　Die reichste Linsenernt' seit Esaus Linsen
Böt' einen minder großen Zahlen-Strauß,
Für je zehn Heller, angenommen Eine!
　　Der Nibelungen Schatz im Rheine
Schwände davor zum Härchen einer L . . .

Doch fragen wir, erstaunt, woher es komme,
Daß sich das Volk, sonst so verpicht auf Geld,
Brandschatzen lasse, willig, als das fromme,
Zu Gunsten einer unbekannten Welt;
Tönt's: In der Kunst gar mancherlei Blendwerke
Liegt eine Stärke,
Die ganz den Kopf umdunkelt, statt erhellt.

Geldausfuhr ist zulässig, wo dagegen
Ankommen Güter von demselben Werth.
 Wenn wir, was Rom in Tausch gibt, recht erwägen,
Läßt sich damit befrachten noch kein Pferd.
 Ein Esel schon genügt, um es zu tragen,
Doch stolz selbst der und klug in unsern Tagen,
Südfrüchte, — nicht Lojola=Fracht begehrt.

 Der Glaube schien verschwunden aus den Ebnen,
Kaum noch zu haften an Tyrols Gebirg.
 Die Mainzer und umher ihm noch Ergebnen
Zahlten das Geld auf das Geheiß der Kirch';
 Ausnahmen gibt es also noch gar schöne,
Vorab, allwo Lojolas fromme Söhne
Darthun: „Die Zeit ist irrig jetzt, — ja irr'g."

 Durch klug verdreht gefälschte Folgerungen,
Sei's Fortbau auf den falschen Vordersatz
Oder den richtigen, jedoch verschlungen
Vom falschen Mittelglied in rascher Haß',
Auch oft am Ende bloß durch falsche Schlüsse,
Rollt's Blei für Samuëls bewährte** Meisterschüsse
Auf's dumme Volk, ein Raub dann seiner Tatz'.

 Um recht zu täuschen, scheint oft, sonder Anstoß,
Die sanfte Predigt nur der Weisheit Rath. —
 Erzogen sie dem eignen Land den Wahn groß,
Sie tragen dann in's fremde hin die Saat!
 Durch Heirath frommer Fürstinnen umschlingen
Luther=Gebiete sie mit ehrnen Ringen.
 Zu allen Mitteln greift ihr Höllenstaat.

 Sie führen auch das Wort Vernunft im Munde,
Des Sinn's, wer Unvernünftiges nicht glaubt,
Ist nicht vernünftig, sondern steht im Bunde
Mit Dem, der uns des Himmelreichs beraubt.
 Beängstigen, Betäuben und Verwirren,
Es hilft die Völker kirren,
Entsprang der Kniff leicht einem schlauen Haupt.

Die heimlichen Genossen dieses Ordens,
Sind die gefährlichsten der ganzen Zunft.
Minder gewandte in der Kunst des Mordens
Der heiligen Vernunft,
Durchkreuzen sie des Volkes bunte Schichten,
Es zu verderben und zurecht zu richten
Zu frühern Elends Wiederkunft.

Selbst protestantische Minister wirken:
Heimliche Jesuiten! für den Bund.
Bei deren Allmacht, in des Lands Bezirken,
Bleibt mühsam nur der Geist des Volks gesund.
Verfassungs=Mörder, tilgt des Staates Lenker
Gar leicht des Fortschritts auserlesne Denker,
Bis sich erschloß der Finsternisse Grund.

Richter, geheime Jesuiten=Schergen,
Legen das Recht in eine düstre Gruft,
Und aus vorher schon beigesetzten Särgen
Dringt falscher Urtheilsprüche Höllenduft . . . .
Hofpred'ger!" Protestant! der Tod enthüllte
Als Jesuit Dich, der gemach erfüllte,
Was anbefohlen Dir der Oberschuft.

*   *

Gleichwie die Fliege klebt am Netz der Spinne,
So hangt im Jesuiten=Netze gar:
Papst, Kettler, Volk, benebst der Nonne Minne
Zum längst entheiligten Altar.
Zu herrschen glauben die zwei Männer;
Nur Zähler sind es, Nullen, statt der Renner
Im Bruch der wieder drohenden Gefahr.

Eh Luther starb, da waren sie schon rege:
Sie zogen früh im düstern Münster[55] ein
Und kamen den Entzweiten in's Gehege
Mit Fähnlein, Prunk und anderm Taumel=Wein.
    Doch Luthers Geist, der Geist entschiedner Sichtung,
Der lebt und wirkt noch fort bis zur Vernichtung
Verfluchter Jünger in der Demuth Schein.

    Den ersten großen Dienst, den sie erwiesen
Dem Papst, dem milden, milden! Christenhort,
War: — Cardinal Caraffa[56] mit Lojola stießen
Den dritten Paul zu Grausamkeiten fort,
Bis er durch Scheiterhaufen und durch Blutvergießen,
Durch Kerker, in versumpften Burgverließen,
Italiens Ketzer dargebracht — dem Mord!

    Wie menschlich waren selbst Alt=Perus Inka:
Kein Blut floß ihrem Sonnengotte je. —
Selbst Salamanka, voreinst: Salaminka,
Sah Ketzer bluten, sah Auto da Fé.
    Auf welcher Seite liegt der schönre Glaube?
Sammt der Vernunft: der heilige Geist, als Taube
Mild dargestellt, auf welcher Wahn und Weh?!

    Welches Bekenntniß dünkt das beste Aller?
Das beste scheint, das kein Gewissen zwingt,
Das Dich erzieht zum tugendsamen Waller
Und priesterlicher Unvernunft entringt.
    Gottglaube nicht beruht allein auf . . . . Schriften;
Der Hirt ihn hegt auf sternumglänzten Triften,
Bevor ein Buch dazu den Geist beschwingt.

*

Hätten Lojolas Jünger noch die Allmacht,
Die Welschlands Protestanten weggeschafft;
Schiene: ihr Tritt gibt auf den kleinsten Halm acht,
Zu schonen ihn, — wer bliebe zweifelhaft,
Daß sie, gleich jenen vormaleinst Berruchten,
Gerne Vertilgung aller Orts versuchten
Und auch vollzögen dann mit Leidenschaft?!

    Wie hat in neuster Zeit es Belgien nachgewiesen,
Durch Buck, den sie mißbraucht so teuflisch,
Daß Räuber, welche Menschen niederstießen,
Minder gefrevelt als die Brut der Schlich'
An ihm verübt auch auf das Schaudervollste,
Zur größern Ehre Gottes, als die tollste
Der Gotteslästerungen sicherlich.

    Im Beichtstuhl fragen kaum sie nach den Sünden,
Die Rüge trifft allmeist nur den Berstoß,
Den häufig Unterlassungen begründen
Im Kirchengang und den Gebeten bloß.
    Unsittlichkeit, die sucht man fein zu schonen;
Tugend und Bildung würden sonst entthronen
Den, der nur herrscht auf deren Gräber Moos.

    O! Königin der Arbeitbien' und Drohnen,
Vor Lainez-Brut scheint Horniß-Brut noch lieb.
Raubthiere, die Saharas Sand bewohnen,
Sind schuldlosfolgende dem wilden Trieb;
    Die Heuchler aber führen Gott im Munde
Und richten vollends ganz zu Grunde,
Was Gutes noch am Wunderglauben blieb.

    Das ist fürwahr der Fluch ganz tiefen Falles:
Abnimmt der schlechte Hang nicht, eher zu;
Gleichwie das Lager seines wüsten Stalles,
Je wüster stets, dem Schwein behagt zur Ruh'. —
    Der starke Schnappser fordert bloß noch Branntwein,
Geschulten Mördern wird nicht mehr die Hand rein,
Zur neuen Missethat bereit im Nu.

* * *

Festung ist jeder Bischofssitz dem Glauben,
Ist Glutstern, der versengend seinen Strahl
Umherschickt, Sträuch' und Bäume zu entlauben,
Durch die Vernunft gepflanzt vom Berg zu Thal;
    Vorab der Mainzer könnt' es von sich rühmen,
Bliebe der Sucht, der gar zu ungethümen,
Mehr als ein Scheinerfolg für ihre Qual.

    Des Mittelalters Saat will nicht gedeihen,
Zumal am Rheine nicht, dem lichten Strom.
    Und möcht' Ihr Heere junger Priester weihen,
Ausmalen byzantinisch jeden Dom,
Der Geist läßt nimmer bannen sich noch feien,
Die Neuzeit überragt Euch durch Befreien.
Roms Gott, er stürzt, wie einst des Neffen Ohm.

    Zwar in den Dörfern ist es noch ein Jammer;
Die geistige Vernagelung
Durch Lainez Hammer,
Ach! lähmt beinah' der Hoffnung Schwung,
Daß sich in allen wohl nach hundert Jahren
Dem Landmann — Jesuiten-Trug mag offenbaren
Als jedes Lasters Höllendung.

*   *   *   *

    Des Pfarrherrn Köchin reicht ihm leckre Bissen,
Sein Keller strotzt wohl goldnen Mostes voll.
    Wein stärkt; Kraft braucht ein Fuchtler der Gewissen.
Die fette Pfründe sein Vermögen schwoll.
Täuflinge, wie Brautpaare,
Die Messe, ja der Leichnam in der Bahre
Füllen die Truh'; das sieht der Neid mit Groll.

Rohrsperlingen vergleichbar, schimpfen Bauern
Auf solchen reich gewordnen Seelenhort,
Der sich der Arbeit, der gar sauern
Nicht unterzieht, die fort und fort
Sie hart bedrängt; — indeß wie Taschenmesser
Fahren zusammen die Kartoffelesser,
Naht die Monstranz beim unmuthvollen Wort.

Die Kinder wachsen auf, elend verwahrlos't,
In China weithin ehrerbietiger.
„Der Pastor kommt!" — je wilder roh die Schaar los't,
Schmatzt sie die Hand ihm um so widriger.
Dann folgt der Grüße frommer:
„Gelobt sei Jesus Christus;" doch kein Pommer,
Kein Ruß' steht geistverkrüppelt niedriger.

Der Pommer dort im Hinterlande muckert,
Den Russen hält der Poppe fest im Wahn.
Beider Latwerge, tüchtig überzuckert,
Helfen mit Schnapps zur Seligkeit hinan.
Das Seitenstück zu diesen Prachtgestalten
Dreier Bisthümer Bauern uns entfalten,
Sammt Bauern aus Bisthümern nah' daran;

Und dies nicht fern vom schönsten deutschen Strome
Wie von der Mosel und der Lahn Gestad',
Wo Triers, Cölns, Limburgs und Moguntiens Dome
Dem Volk der Denker und der neusten That
Prächtig gen Himmel dringen,
Leider jedoch die Geister niederringen,
Seit Lainez Geist der Dome Raum betrat.

Das sind die Früchte des mit Recht gepriesnen,
Doch arg entstellten schönen Christenthums!
Wann reifen die dem Menschengeist verhießnen,
So herrlich als die Reden eines Hum's,
Der wahrer Staatskunst Lehren vorgetragen.
Soll stets nur die verdummende behagen
Des einen oder andern Heidenthums?!

Die Welt verbleibt, durch Niederdruck des Geistes,
Gleichsam befähigt zu Verkehrtem nur.
    Ja, fürchterliche Höh'n erklimmend, reißt es
Leicht ganze Völker hin zur Unnatur.
    Wie schwer wägt die Verantwortung der Großen,
Die, statt ob falscher Richtung zu erbosen,
Bei Hof sie pflegen bis zum Mann der Flur.

*   *   *

    Verdummung und Entsittlichung erstreben
Don Lainez Söhne bis zum höchsten Maß.
    Wer Roh, wer Hückenbroch gehört im Leben,
Wer Cellot, Gury, Busenbaum je las,
Ruft: Füchse sind es doch nicht, — nur Kapaune,
Entmannte, so die Höll', in böser Laune,
Auf ihren Mist verwies, voll wüstem Aas:

    Denn einem Räuber, selbst dem allerschlechtsten,
Wohnt Männlichkeit in hohem Grad' noch bei.
    Er mordet nicht gleich Lainez feigsten, frechsten,
Dringt vor oft zur Gefahr mit wildem Schrei.
    Er unterwühlt nicht erst des Hauses Boden.
Treibt sich nicht um bei sterbenskrank Halbtodten,
Mit Kelch und Hostie — auf Erbschleicherei.

    Jahrmärkte, von den Bilderhändlern,
Im Sold der Jesuiten überschwemmt,
Verkaufen Heilige, wie von den Münchner Tändlern [57]
In prunken Läden an die Wand geklemmt;
Das stimmt die Menschheit dumm und bringt Gewinne.
    So handelt Lainez hier im milbern Sinne,
Der selbst durch Tand den Fortschritt hemmt.

*   *   *

„Des ewigen Gebets" meist reiche Nonnen
Erhielten flugs ein Kirchlein angebaut
Am Mainzer Kloster: Stadt, in Faschings Wonnen
Und auch im ernsten Schwärmen längst ergraut.
    Will eine von den Schwestern nimmer beten,
Kann sie zum Fasching nie mehr übertreten
Nebst ihrem Geld, des Klosterhimmels Braut.

    Beinah zu vierzig dieser bleichen Schönen
Wuchs allbereits die fromme Schaar heran.
    Sie gehen niemals aus. Ob sie nie stöhnen?
Wer Mathisson durchlas, den mahnt's daran.
    O! wundervoll gelang ihm Nonn' und Kloster;
Kein neuer Grabstein, kein bemooster
Treibt so das Herz zum tiefsten Mitleid an.

    Selbst Eltern kann die Todtgeweihte
Nur durch das Schalter sprechen noch fortan
Und nicht allein: ein Nönnchen steht zur Seite!
    Ist solche Abgeschlossenheit nicht toller Wahn?
Solch' grasse Unnatur nicht höchst unsittlich?
Schiene durch sie das Himmelreich erbittlich,
Was wäre da Ersprießliches daran?

    Was ist am Ende denn der Zweck der Strenge?
Hegt nicht die Welt des Unsinns schon genug?
    Fördern der Nonnen Flehen und Gesänge
Der Geistes Meuchler teuflischen Betrug?
    Verhält sich nicht der edlen Frauen Wirken
Zur Nonn' wie Palmwein zu dem Saft der Birken?
Wie goldne Becher zum zerbrochnen Krug?

    Des Heilands Hauptgrundsatz — die Selbstverläugnung,
Hingabe an der ganzen Menschheit Wohl,
Höhnt der Zerknirschtheit stündlichen Erheuchlung;
Lainez wär' sonst ein Gott bis hin zum Pol'.
    Kein Heil liegt im verewigten Gebete,
Zuletzt ein Klang nur seelenloser Drähte,
Worauf sich Lainez Rabe wiegt und Dol'.

Das Jesu-Kind kann Frauen nicht erfreuen,
Wie das an ihrer eignen Mutterbrust.
   Ein Mutterherz darf den Vergleich nicht scheuen
Mit der Verzückung in der Nonne Lust;
   Nachhaltig ist die selten. Träume schlagen
In Wehmuth um. Dem Mutterglück entsagen,
Selbst in geweihten Mauern — beut Verlust!

   Mädchen, als arm, verstoßene vom Manne,
Jetzt, wo das Geld allein noch Reiz verleiht,
Oder zu keusch zur Eh', dem schlimmsten Banne,
Wenn Rücksicht nur, nicht Liebe sie geweiht;
   Der Krankenpflege mögen Die obliegen.
   Ihr Werth wird den um Vieles überwiegen
Der Büßerinnen in dem Ordenskleid.

   Außer den Bösuiten, Kapuzinern, guten Hirten
Und oft Erwähnten sind in Mainz
Schon Franziskanerinnen: gram dem Kranz der Myrten,
Englische Fräulein's auch; — sammt jenen des Gebein's
Anbetende; mehr oder minder narrig[58] Alle;
Dann in des Fürstenbergers Hofes Halle
Der Art noch was des halberstobnen Seins.

   Das ist die Schöpfung Eines Knechts von Lainez,
Der auch sich Thronbeistand des Stuhles heißt.
   Wie groß der Mann und neben ihm, wie klein — Fez
Und Sanct Marrokos Papst vor unserm Geist!
   Zu Huri kann der Mädchen umgestalten,
Doch keine schönre Klöster-Meng' entfalten,
Als jetzt schon das goldne Mainz erweis't.

   Ganz unbeschadet aller Bruderschaften[59]
Geschwoll'ne Menge in der Stadt am Rhein,
Wo Gutenbergs Pracht-Däumerlinge schafften[60]
Bis sie hinweg gewälzt allein
Den Block, der auf der Menschenbrust gelegen
Und wieder d'rauf soll mit Lainezens Segen,
Als Leichenstein.

          *   *

Kroaten und Slawaken sind jetzt ferne
Von dem durch sie noch mehr verdorbnen Mainz.
    Wo viele Krieger, haus't die Buhlsucht gerne;
Zwar welcherlei Kriegsvölker, scheint nicht Ein's.
    Ganz preußisch, wird die Stadt jetzt keuscher,
Liebt auch ein jedes Volk den Bitzler wie den Räuscher
Benebst der mildern Glut uralten Weins.

    Ha! keuscher Mainz, wenn nicht der Pfaffen Schlauheit
Entgegenwirkt in nun erhöhtem Grad',
Auf daß bei Sittenlauheit,
Nach Lainez Rath,
Das Volk matt bleibe,
Dann nie das Auge klar sich reibe,
Noch je erstarke zur entschloßnen That.

    Keusch, ragten wir empor als Urgermanen,
Wie das selbst Tacitus erhob.
    Roms Götter brachen nie sich Bahnen
Zum deutschen Eichenhain, voll Wodans Lob.
    Beichtväter nicht Tuiskons Volk umschlichen,
Die gütig arge Sünden ausgeglichen;
Obwohl noch Trinkgelag und Bräuche grob.

    Wenn sich ein Held beim Würfeln selbst verspielte,
Gab er getreu sich hin als Knecht.
    Des Mannes Wort nie schielte,
Wie bei dem heutigen Geschlecht.
    Die Gattin konnte schuldlos um sich schauen,
Ergriff den Römer auch ein Grauen,
Traf er den Mann zu Haus und im Gefecht.

    Einführen möchten gern die Mucker auch die Beichte:
Das Mittel zur Gewalt,
Auch weil nur sittenleichte
Bevölkerung, als Kind — schon siech' und alt.
    Darum entfernte Mainz Peststoffe
Von seinem Sanct Christophe,
Indem es selbst der Aechtung Faust geballt.

Wenn nicht die stärksten Mittel
Des Volkes Witz heraufbeschwört;
Wenn nicht des Scharfsinns Knittel
Völlig die Brut zerstört,
Dann bleibt das Volk das dumme,
Erhöht sich noch der Blendlaternen Summe
Des Höllners, der bethört.

Giftpflanzen bleiben immerdar gefährlich,
Obwohl sich Vieles änder' in der Zeit.
Sich je veredeln werden sie doch schwerlich,
Scheint auch ein Gott zur Mitwirkung bereit.
Drum sucht das Kraut: „Nachtschatten" zu vernichten,
Da wir uns ganz dem lichten
Zeitalter Edens, das erst kommt, geweiht.

In alter Zeit da sprach bereits ein Weiser:
„Nicht läßt die Art von Art."
Ein Satz, den wir nur leiser,
Doch gut gewahrt,
Hier oben angedeutet:
Der Jesuit zerstört noch und erbeutet
Wie einst bei seiner ersten Höllenfahrt.

Wenn, wie vom Blitz getroffen,
Der brave Cardinale Andrea
Gen Himmel fuhr, bleibt's Thor des Zweifels offen,
Ob es nicht gar, wie es schon oft geschah,
Des Jesuiten-Säftchens Folge,
Diesmal ein rasches, minder schrei'nd als Dolche,
Und doch einschüchternd tüchtig fern und nah.

Das ist des ganz verruchten Leumunds Fluch:
Man wittert nur der Unterwelt Geruch.

*

Wie dümmlich kühn, wenn Fromme rühmen:
Fünf Jesuiten waren nur in Mainz,
Und lügend so den eignen Schimpf verblümen:
    Fünf Tropfen Giftes sind so viel wie kein's.
Leider genügt ein einziger zur Seuche;
    Darum der Engel Fleh'n: O! Gott verscheuche
Des Typhon Fünfgestirn, voll düstern Scheins.

Mainz war beim Ablaßkram schon Roms Gehülfe
Vor Münster, Freiburg, München, Paderborn;
Gülden verbrähmt: des Römlings schöner Pülse,⁶¹
Ohne den Saum der Qualen: Dorn an Dorn,
Wie um des Heilands Schläfe;
    Darum ersann, aus Neid, des Volkes Hefe:
Mainz schimpfe man das goldne bloß im Zorn.

*

. Wir sahen stets die Fürstenhäuser
Den Glauben nur ausbeuten — sich zum Heil:
    Den römischen — die gallischen Duckmäuser,
Den griechischen — die Zaaren mit dem Beil,
Den Luthers selbst — die kleinern deutschen Herrscher;
Oft barscher noch und darum bald — Abmärscher!
    Erring', o! Volk den frei'n, beim Muthe feil.

*   *   *   *

Muß denn der Reiche selbst im schönern Grabe
Gegen den Armen noch im Vortheil sein?
Der seinem Priester keine Opfergabe
Erschwingen konnt', ob noch so klein;
Während die Seelenmessen** bei dem schlechtern Reichen
Des göttlichen Gerichtes Sinn erweichen,
Der ihn entschlüfen läßt am Höllen=Rain.

    So glücklich noch dem schwarzen Caar entkommen,
Irrt' er umher im unermeßnen Raum,
Bald hoch, bald tief; entsetzlich zwar beglommen
Bis er in Schlaf versank im Meeresschaum,
Woraus die schönste Göttin einst entsprossen.
    Er sah ihr Herz vom eignen Sohn durchschossen
Und ihren Vater hoch im Wolkensaum;

    Der nahm ihn auf und Ganymed versuchte
Die grimme Kälte Vorelisiums**
Mit Nektar zu durchglüh'n bis der Verruchte:
Trunken, die Seligkeit des Heidenthums
Sammt Mohammedens sieben Paradiesen,
Weit über unser Himmelreich gepriesen,
Voll hingemordeter Genossen Blums.

    Hat solche hohe Kraft die Seelenmesse,
Daß sie dem päpstlichen Cavern' entrückt
Und hinträgt, durch des Balkan enge Pässe,
Wo des Olympos Göttermahl beglückt;
Sollte nur Bettlern sie gelesen werden,
Den Unglückseligen auf Erden,
Um trocken Brod vor Lucullen gebückt.

* * *

Vernunft und wahre Bildung sind Geschwister:
Dem Volk zu Theil! das ist der Bessern Wunsch,
   Betäubten arg bisher der Ueberlister
Dunkle Getränke, gleich gefälschtem Punsch,
So reift der Wein des Abendmahls, der Liebe,
Er reift, ob hoher Sieg auch oftmal sich verschiebe. —
   Der Völker Siesta weicht, das sündige Gelunsch.⁶⁴

   Sie stammt aus jenem wonnevollen Süden,
Der leicht verlockt, verführet und entmannt
   Und selbst um Mittag eingelullt die Müden,
Von strenger Arbeit scheu hinweggewandt,
Vorab den fortgesetzten Geistes Mühen;
Weil, dünkt es ihnen, nie Erfolge blühen,
Statt, daß sie Kräfte doppelt angespannt.

* * *

   So lang der Mensch verblieb im Urzustande,
War seines Innern Kraft noch ungetheilt;
   Fern wohnten noch des Denkens Anverwandte':
Zweifel und Ueberzeugung, die ihn heilt:
Gefühle nur beherrschten ihn, nicht Grübeln;
Doch von des Zwiespalt's mannichfachen Uebeln
Ward, ach! des Herzens Friede bald ereilt.

   Alles noch Unbegriffne hieß nun Wunder
Und das Geheimnißvolle brach sich Bahn.
   Nur Priesterkasten waren die Bekunder
Vom höhern Wissen, wie vom niedern Wahn.
So hatte sich der Isis Dienst entfaltet,
In welchem Moses Geist sich ausgestaltet:
Doch immer weiter drang die Welt voran.

7*

Der Heiland kam mit seines Geistes Blüthen,
Die zum Gemeingut er der Menschheit gab.
Verschmitzte Priester wiederum sich mühten
Bis kaum noch Krücke blieb der Weisheit Stab.
Der Wunderglaube herrschte wieder mächtig,
Des Geistes Oede, trotz Geflimmer, nächtig,
Der Stätte glich von des Erlösers Grab.

Noch hört! der Wunder gibt es wohl zwei Arten:
Die Wunder, die das Weltall uns erschließt
Und jene, die hinzu die Priester schaarten. —
Die erste Art kein Denkgesetz verdrießt,
Die zweite steht vollauf im Widerspruche
Mit der Vernunft und oftmal wird zum Fluche,
Aus dem die Saat der Gift und Dolche sprießt;

Sie wuch're dort, im zauberischen Süden
Viel besser als im kältern Himmelsstrich;
Nein! Glut ist nimmer Schuld am tollen Wüthen
Der Leidenschaft. Die Tugend erst entwich
Dem alten Rom, als Numas Geist verbannt war.
Erscheint Vernunft durch Pfaffen ganz entwandtbar,[65]
Verbleibt es möglich allwärts sicherlich.

Zu Luther nun! hat Wunder er belassen,
Schloß doch sein Geist der Forschung Geist nicht aus.
Kannst Du, als Protestant, nicht solche fassen,
Kein Vormund stößt Dich fort in Nacht und Graus.
Hast Du den Heiland in Dich aufgenommen,
Zählst Du, durch lautern Wandel, zu den Frommen,
Auch ohne Heilige bei Gott zu Haus.

✳   ✳

Die Träume geben Zeugniß von des Geistes
Ununterbrochner reger Thätigkeit.

Ein Mückchen, ein Pfäffchen, selbst ein feistes,
Gewahrt im Schlaf des Heilands Kreuzesleid.

Was nie wir dachten, zeigen selten Träume;
Das Niegeseh'ne höh'rer Weltenräume
Traumbildern nicht den kleinsten Halt verleiht.

Entferntes zwar vereint oft ihre Laune:
Den Abdelkader und Schamyl, einst groß.

Ob Manches auch ihr Spuck in's Ohr uns raune,
Die Wunder hat der Traum besonders los;
Selbst im Gewand der Weissagung und Tugend:
Er zeigt dort Joseph — Hungersnoth erlugend,
Hier schöner Potiphar so schnödes Loos.

Ich sah den Stern, der vormaleinst geleitet
Drei Könige des fernen Morgenland's
Und bis zu Jesu Lager hinbegleitet.
Ich sah sie knie'n beim Kind, gehüllt in Glanz. —
In einer schönen Mondnacht, sonder Gleichen,
Sah ich den Heiland seiner Gruft entsteigen,
Um das verklärte Haupt den Dornenkranz.

Ich sah am Fest der reinsten Frau sie schweben,
Den Sohn im Arm, zum Himmelreich empor.
Ergriffen von dem wonnevollsten Beben,
Drang mir Gesang der Seraphim hervor.
Und in der Höhen schönsten, lichten Hallen
Sah ich die Schaar der Engel niederfallen
Vor Gottes Thron; berauscht war Aug' und Ohr.

Ich sah auf Island mich am Wunder Hekla;
Der freie Gleichklang trug von Eis und Schnee
Mich nach Arabiens weitberühmtem Mekka.
Nicht fand begraben ich in der Moschee
Den Mohammed: Der Sarg schwebt an der Decke!
Mir schien: — lebendig lieber in der Ecke,
Als hoch und todt, am liebsten fern zur See!

Urkunden sah ich, amtlich aufgenommen
Ob wilden Heeres, dort in Odins Wald;
    Nahes Gepolter machte schon beglommen,
Gedröhn' und Schlachtgetös' erschollen bald.
    Die Träume floh'n! Ich rief: warum entgleiten
So wunderlos vorüber nun die Zeiten,
So klar bis zum alltäglichsten Gehalt?

*   *   *   *

    Die freie Forschung bleibt die Magna Charta,
Die hier des Denkmals Glaubensheld errang.
    Wer ganz getreu, bei solchem Gut beharrt da,
Bewältigt leicht des innern Zwiespalts Drang.
    Rückschritte ewig an der Forschung scheitern;
Darf sich auch zeitgemäß die Form erweitern,
Dann wird des Geistes Dank zum Hochgesang.

    Und die Vernunft, der Maßstab aller Dinge,
Verbleibt das herrlichste Geschenk von Gott;
    Sie schirmet vor der Finsterlinge Schlinge
Wie vor des Gottesläugners flachem Spott.
    Sie ragt, als feste Burg, als schönste Hallwacht
Der Menschenwürde und, durch sie, die Allmacht,
Unendlich höher als Gott-Zebaoth.

    Wie Milton, Klopstock, Dant' und Tasso
Höh'n und Abgründe pries, entzückend schön,
    Wie jeder selbst des Teufels groben Lasso,
Dich Fangschnur! zart umwob mit lieblichem Getön;
    So möchten hoch wir die Vernunft nun preisen,
Auch darum noch, weil ohne Blut und Eisen,
Zu stillen sie vermag Germanias Gestöhn.

Da sie, ganz nach Verdienst zu loben, schwer fällt,
Erlaubt,
Hervorzuheben, wer es sich zur Ehr' hält,
Wenn er an Gott und die Vernunft nur glaubt,
An die Vernunft, als Gottes Seele,
Sichtbar — der lichteste urfunkelnde °° Juwele
An seinem glorreich sternumblinkten Haupt.

So folge denn gewunden hier zum Kranze
Ein Theil von Denkern, die nicht heuchelten,
Zumal auf des Gedankens Schanze,
Als Kämpfer der Vernunft sich nie verläugneten;
Im Gegensatz zu jenen Finsterlingen,
Die, statt für sie zu ringen,
Im Kopf des Volks sie meuchelten:

Bei den Chinesen schon fand sich der weise Loot-se,
Welcher die Urvernunft zum Gott erhob.
Es war des Glaubens Dampfer wahrer Lootse;
Doch, nur zu bald, wie bei uns Christen, schob
Der Priester noch hinzu der Götter manche,
Denn, gleich dem Amsterdamer Gauckler Ranche,
Stets dieser Blendwerk um die Sinne wob.

Wenn Sokrates doch einen Hahn zu opfern
Bei seinem Heldentod die Freunde bat,
Erhebt sich da kein leiser Zweifel: ob fern
Er jetzt die Bahn der Schwäche nicht betrat?
Entweder wollt' er noch ein Heide scheinen
Oder vermocht' ihn nicht ganz zu verneinen;
Zwar Schlimm'res Petrus durch Verläugnen that.

Sonst sah man ihn, den edelsten der Griechen,
Der Weisheit bis zur Göttlichkeit genaht,
Gesammt dem Heiland schleichen nicht, noch kriechen
Zur Mühle mit des Unsinns plumpem Rad;
Sondern gedenk stets ihrer Menschenwürde,
Während die Geister aus der schwarzen Hürde
Nur auf des Zwielichts nebelhaftem Pfad.

Verblendete! seht! Euch beschämt ein Heide.
Mit ihm im Einklang sprach auch Heraklit:
„In der Vernunft ist Wahrheit nur". So weide
Dich, Menschengeist! an Gottes schönstem Glied,
Viel herrlicher, als die am Kreuz durchstochnen
Erschlafften Glieder, sammt dem schon gebrochnen
Schmerzhaften Blick, hin in des Tod's Gebiet.

Auch Philo, der gelehrte Jude, kennt schon
Vernunft: den göttlichen, den Urverstand,
Als Ebenbild von Gott und nennt Sohn,
Dies reinste Denken, Logos auch genannt,
Sohn dieses Gotts, dem Urlicht, dessen Blitze
Einst niederschmettern Baal vom prunken Sitze,
Nebst seiner Schaar im Veilchen=Nachtgewand.

Vernunft, der Offenbarungen doch größte,
Urälteste und letzte doch im All'!
Wenn da der Heiland kam und uns erlös'te,
Geschah's durch Dich aus sittlichem Verfall.
Vernunft, o! Edelstein aus Gottes Krone,
Du überdauerst, Gaukelern zum Hohne,
Manch' Lehrgebäud', einst brüchig gleich Krystall.

Graf Hugo[67] schon von Blankenburg erkannte
Zunächst im Geist und der Vernunft die Kraft
In Gott sich zu versenken. Zwar entbrannte
Sein Schüler Richard dann mit Leidenschaft
Für Offenbarung, als der höhern Stufe.
O! lauscht dem Rufe:
„Höher unmöglich aber nebelhaft".

Wie sonderbar verworren!
Wer deutet recht das Wort?
Daran sieht jämmerlich verdorren
Sprossen des Geist's der Weisheit größter Hort.
Müßt' er darüber grübeln,
Würde sein Kopf der Sitz von allen Uebeln.
Das Wort Vernunft begreift der Lump und Lord.

Ja selbst des kindlichen Gemüthes Schritt im Dunkeln
Dringt nicht zum nackten Prunk hinan.
Wilder und Kind sieht auch die Sterne funkeln
Und staunt zu Gott erhoben fromm ihn an.
Der Offenbarung Sinn bleibt ihm verloren;
Gleichsam nicht angeboren,
Der Anhauch bloß vom eingeimpften Wahn.

Die Offenbarung, die beruht auf Schriften.
Ein Jeder weiß, was Fälschung da vermag.
Vernunft, das Thal der sonnumglänzten Triften,
Erscheint dem Geist ein gottverklärter Tag.
Nein! Höhen sind's, des Himmels Tschimborasso,
Von Gott erfüllt, wie Den kein Dant' und Tasso
Erhabner sang im Nachtigallen Hag.

Sogar die Offenbarung des Johannes
Nicht zielt auf irgend eine Zukunft hin.
Der dunkle Schwung des ernsten frommen Mannes:
So dunkel als da licht der Schatz zu Wien,
Schildert vielmehr, wie nur das Ewig-Schöne
Den Menschen mit dem Göttlichen versöhne,
Der Urvernunft, wie's auch dem Heiland schien.

Vernunft, der Logos, dünkt ja selbst dem Glauben
Der dritte Theil in Gott.
Den seh'n die Blinden, hören gut die Tauben,
Sogar Herr Moleschott.
Den zu verläugnen, wagt da Keiner;
Einzig allein vielleicht Erzbischof Rainer
In seines Hirnes finsterm Schlot.

Nun wieder eingelenkt zu jenen Edeln,
Die gleich nach Gott den Logos aufgeführt,
Die pfäffisch heuchlerisches Knie'n und Wedeln
Verabscheut, wie zumal Germanen es gebührt.
So laßt uns hier noch Welche nennen,
Die für den Gott in der Vernunft entbrennen
Und die kein Blendwerk rührt.

Dem Schwedenvolk, dem vormaleinst so kühnen,
Unserm Genossen da, gebet Vernunft
Die Schmach zu sühnen,
Welche des Römlings Zunft
Kopfüber uns verhängte:
Das Bündniß, trotz Till'-Wallensteins zersprengte
Des Unsinns und des Trugs Zusammenkunft.

Der Niederländer, dort im Kampf mit Alba
Hat sein Vernunftrecht glänzend auch bewährt.
Das „Il Allah,"[68] als Omega[69] und Alfa
Erhob sich nirgend schöner unversehrt:
Am Geist der Ketzer und Elisabeths zerschellte
Hispaniens Weltherrschaft, wie kaum am Belte
Das leckste Schiff; was zwar kein Moufang[70] lehrt.

Auch Hume[71] wies scharfsinnig:
Erfahrung nur sei der Gewißheit Grund.
Der Bibelglaube, wenn recht tief herzinnig,
Ist darum auch als solcher nur gesund.
Schwermittheilbar kann er nicht Andern nützen,
Vernunft dagegen jede Seele stützen
Vom Tajo bis zum Pol und Indiens Sunderbund.[72]

Bezeug' es, deutschem Geist geeinter Hugenotte:[73]
Arg war das Land, das Dich gewürgt verarmt
Als Katharinas[74] wahnentflammte Rotte,
Vom wonnetrunknen Papst umarmt,
Dich völlig ausgestoßen,
Und Fritz, den man benannt den Großen,
Als Schirmvogt der Vernunft sich Dein erbarmt.

*

Nun bleiben einz'l'e Männer noch zu nennen,
Die nicht dem Geistes Joche sich gefügt,
Auf die wir stolz sind, die genau wir kennen,
Darum kein Jesuit hinweg uns lügt.
  Wir wollen uns jedoch beschränken,
  Nur Weniger gedenken,
Denen nach Gott schon die Vernunft genügt.

  Spinoza sprach auch, die Vernunft erkenne
In allen Dingen nie Zufälliges.
  Ist dieses wahr, wer spräche da, sie trenne
So wie der Glaube, bald durch Tauf' und Meß'
Bald durch Beschneidung — Völker von einander! — —
  Vernunftlos, würde jeder Alexander
Ein Dalwigk-Tamerlan der freien Preß'.

  Besternter Würger jeder schönern Regung
Des Geistes gegen den Geheim-Vertrag,
Den er geschlossen zu des Bösen Hegung
Und zu des Fortschritts Niederschlag
Mit einem Oberknecht der Jesuiten:
  Sollt' er zur Strafe werden gelb wie Quitten
Und sichtbar hinter Gittern Jahr und Tag!

  Selbst außer beiden Gründen rechnen Welche
Bestechung noch hinzu. Peton' es nicht!
  Vielleicht vollbrachten's Jesuiten Bälge;
Ohne Beweis verurtheil' kein Gericht.
  Zurück! zum schönern zwieträchtlichen Stoffe:
Vernunft und Glaube; schön, fürwahr! denn hoffe:
Daß es dereinst am Ausgleich nicht gebricht.

  Der große Leibnitz schon ließ sich nicht bannen
In einer Satzung engbegrenztes Reich;
  Doch was die Menschen Hohes je ersannen
Zu Gottes Ruhm, entquoll, als Strom, sogleich
Der Forschung außerordentlichstem Geiste
Und zeigte, wie unendlich mehr sie leiste
Als der Gedankenschlamm im Bonzen-Teich.

Starrgläubig mag uns Klopstock zwar erscheinen;
O! fassen wir als Dichter ihn doch auf.
 Die Güter, die im Heiland sich vereinen:
Die schlichte Lehr', der fromme Lebenslauf,
Begeisterten den Edeln zu Gesängen,
Die mit dem Lob der Seraphim gern rängen;
Doch Forschung wog ihm Abendmahl und Tauf'.

 Kant, dessen Geistesschärfe selbst weit größer
Als die des sieb'ten Gregor; ja sogar
Der ganzen finstern Zeit, fand den Erlöser
In der Vernunft nur offenbar,
Die Gott uns gab im heil'gen Geist des Sohnes
Und diesem ward der Fälschung und des Hohnes
So viel zu Theil von Romas Priester Schaar!

 Traun! den Begriff der Tugend hat am reinsten
Wohl Kant, der große Denker aufgestellt.
 Zerfallen alle Glaubens Zwinger einsten,
Die Tugend, die er schildert, sich erhält.
 Er glich an Sinn, an Keuschheit selbst dem Heiland,
Dagegen Lainez Geist, von jetzt und weiland
Dem Unterirdischen allein gefällt.

 Ja, Lessing hielt das Weiterstreben schöner
Als das erlangte aller höchste Gut.
 Wer forscht, der ist der strebende Verhöhner
Der starren Satzung mit der Geistes Ruth',
Die fern uns halten soll vom eignen Denken,
Um leicht, als alte Kinder uns zu lenken;
 Darum ergebt der Forschung Euch mit Glut.

 Recht hatte Lessing, denn am Endziel angekommen
Und über Alles aufgeklärt,
Welch' großer Geist' wär' ferner noch entglommen,
Höher zu streben, wie's den Menschen ehrt.
 Nur Stillstand will das Heer der Pfaffen,
Den Gott und Glauben nur, den sie geschaffen.
 Gott selbst das Weiterstreben gern gewährt.

Wenn Göthe sprach: er rechne sich's zum Glücke,
Daß er gebildet ward zum Protestant,
Da pries er wahrlich nicht die schwachen Rücke,
Durch dessen Glauben, — hin zum schönen Land,
Wo die Vernunft nur waltet und entscheidet.
    Nur weil's Bekenntniß keinen Zwang erleidet,
War er mit Lust demselben zugewandt.

    Und Schiller rief: Ich habe kein Bekenntniß
Einzig allein aus wahrer Frömmigkeit.
    Des großen Mann's freimüthiges Geständniß
Enthüllt den Widerwillen, wie das Leid   .
Gemüth und Geist zu bannen in gewisse
Zwitter-Erleuchtungen und Finsternisse:
Vereint, ein Zwielicht, wo der Tag noch weit.

    Auch Herder, der so mächtig tief durchdrungen
Der Urhebräer heiligen Gesang,
    Dem aller Völker Stimmen schön erklungen
Im eignen Mund, gleich seinem Cid, voll Klang,
    Dem Adrastäen Schönheits Gränzen zogen,
Der war der Ueberschreitung nicht gewogen,
Da, wo der Glaube die Vernunft verdrang.

    Sinnbildlich darf sich wohl sehr viel erlauben
Ein frommer Seelenhirt, wie Herder war;
    Doch hielt er nimmermehr den Saft der Trauben
Für wahres Blut, als droh' ihm sonst Gefahr
Des Himmelreiches Weinberg zu verscherzen.
    Vernunft glänzt heller denn Millionen Kerzen
Und stach dem Glauben öfter schon den Staar.

    Und in dem Geist der vorbenannten Männer
Bemühte sich Erzbischof Wessenberg
Des deutschen Volks altkirchliche Bekenner
Herauszuleiten aus dem engen Pferch',
In den die welsche Arglist längst es drängte.
    Ha! dächten Alle so, dann senkte
Kein deutscher Mann den Blick, als Roma's Scherg'.

*   *

Des Glaubens Schwere wird sehr leicht zur Bürde;
Der neure Glaube bleibt es noch genug.
 Sich gar noch bannen in die engre Hürde,
Ist nimmer weise und nur selten klug.
Aus leichten Fesseln läßt sich noch entweichen
Nach Gottes freien lichten Geistes Reichen.
 Entglüh'n ob Kirchenprunks — ist Selbstbetrug.

 Daraus erhellt sogar dem schwächern Denker,
Daß Stollbergs Freund, der sprachgewandte Voß,
Ihm feind geworden, als er zum Beschränker
Der Geistes Freiheit überging im Schloß,
Benannt zur Engelsburg,[75] doch Geistes Kerker,
Ziert ihn auch noch, wie zu Canoß, ein Erker
Von dem Gregor einst Schmach auf Heinrich goß.

 Voß sah im Uebertritt — Verrath am Geiste,
Am Geiste des Germans, am neuern Geist
Und in dem Dienst des Römlings nur die feiste
Gedankenlose Magd, von Lust umkreist,
Umgauckelt von des Südens Feen und Elfen:
Zu schwach, um je der Menschheit aufzuhelfen,
Doch schlau genug zum Niederhalten meist.

 Voß sah das nicht, was Mortimer berauschte,
Vermuthlich auch den Abtrünnling bewog,
Daß er dem wonnetrunknen Glauben lauschte,
Der mit den Klängen Davids ihn umzog
Bis er für dürre — goldne Träume tauschte.
 Darin sah Voß hingegen nur verbauschte
Verworrenheit; Vernunft nur stand ihm hoch.

*

Wenn große Sterbliche zu allen Zeiten
Vernunft hervorgehoben als den Stab,
Dessen beraubt, die Menschen leicht abgleiten
Und niedersinken in des Elends Grab;
    Wenn Böses aber oft verübt der Glaube,
Da riefe Voß, im schlimmsten Fall: „Ihn raube!
Als die von beiden minder theure Hab'."

    Ja, Glaube! wie viel Unheil angerichtet
Hast Du von jeher auf dem Erdenrund:
    Die Gottesblume der Vernunft vernichtet
Und angepflanzt die aus dem Höllengrund!
    Bist doch ein Theil der aller schönsten Dreiheit,
Warum der Geistes Läut'rung nicht und Freiheit?
Du Dritter! in der Lieb' und Hoffnung Bund.

* * *

    Vernunft, die unfehlbare, kann nie schaden;
Sie schweift nicht aus; ihr Thron sinkt nimmer um;
    Sie bleibt die Herrscherin von Gottes Gnaden
Und gegen sie sind Machiavele — dumm.
    Weltweise sollten darum sein die Fürsten,
Um, statt nach Lüsten, nur nach ihr zu dürsten,
Ihr unterthan im lichten Heiligthum.

    Dann käme leicht in Fluß, was längst erkannte
Schon Plato und schon Aristoteles:
    Abschüfe jeder Fürst und streng verbannte
Was nicht hervorging aus des Himmels Eß',
    — Der noch viel schönern Schmied' als Vulkans Esse, —
Beträf es selbst fluchwürdige Congresse,
Ja selbst die Wandlung bei der heil'gen Meß'.

Sogar vereint bei Jud' und Christ und Heide
Galt die Vernunft als Gottes Bötin schon;
Selbst Moses schaute sie, jedoch nicht Beide.
Der Glanz um Gott sprach seinem Blicke Hohn.
Sie war der zweite Gott, Gottsohn, Gottschatten.
Genesung kann nur sie dem Geist erstatten,
Stach ihn des Ungethümes Scorpion.

Der Odem Gottes weht durch alle Werke,
So die Vernunft geschaffen und vollführt.
Bei Seite tritt jedwedes Glaubens Stärke,
Da wo das Lob ihr als von Gott gebührt.
Fortschreitend bleibt sie auf dem Erdenrunde;
Selbst Jesuiten naht einst jene Stunde,
Wo sie des Höllners Bruderkuß nicht rührt.

Vernunft, der Leitstern selbst in täglichen Geschäften,
Wie für Bestrebungen erhab'ner Art,
Himmlische Macht! Dich wird kein Papst entkräften;
Urlicht! das uns den Pfad zu Gott bewahrt.
Gerade da! soll Dich das Volk verlassen,
Dem Glauben unterstufen, den zu fassen
Unmöglich bleibt, weil ihm sich Unsinn paart.

Ihr, der Vernunft und Forschung, d'rum, Frohlocken!
Ob unsres Denkmals inhaltvollem Trost:
Noch eher liegen alle Meere trocken
Und alle Jesuiten auf dem Rost,
Worauf Guatimozin** ward gefoltert,
Als daß noch lange nächtlich schleicht und poltert
Die Brut, in welcher schlauer Wahnsinn tos't.

Sie war und ist, gleich anderm Ungeziefer,
Der Unreinheit so lästiges Gefolg.
Hebt's Volk sich, reinigend, mit Simsons Kiefer,
Dann weicht das Scheusal mit dem Geistes-Dolch.
Zum Brauch des ehrnen fehlt's ihm nicht an Liebe,
Doch schwächt sich klug ein Räuber ab zum Diebe,
Erachtet für gerathner es der Strolch.

Er ähnelt hierin jedem Strømer[77]
Und jeder abgefäumten Strømerin.

    Blieb brav der Maggiar, als Pascha Omer,
So ließ doch manche stolze Rømerin
Sich tief herab — bis zu des Papstes[79] Buhle!
Zum Beispiel nur: Morizzia vom Pfuhle
Zuletzt der Schlamm, im allerstrengsten Sinn.

    * * *

    Die freie Forschung zügelt unsre Neigung
Zum Wunderglauben, der den Geist belügt
Und auf dem Wege künstlicher Erschleichung
Uns um den freien Blick zu Gott betrügt.
    Er lullt uns ein, gleich einem Lied der Amme,
Auffaugt er die Vernunft, wie mit dem Schwamme
Dem Wasser gegenüber es sich fügt.

    Hat Plato schon vom Dichten nachgewiesen,
Es schade leicht; gilt es, in höh'rem Grad',
Vom Wunderglauben, der das Herz erschließen
Nur nicht erstarken kann zur freien That.
    Dichtung und Glaube sind erhabne Güter,
Mischt die Vernunft sich unter ihre Hüter;
Begeisterung allein — bleibt Flitterstaat.

    Erheben auch die Wunder der Verwandlung
Des Südens Völker einen Augenblick;
Strohfeuer ist's, fehlt ihrer Sitten=Handlung
Der Beitrag aus dem eigenen Geschick.
    Als Sohn des freien Willens, säh' der Glaube:
Ein frommer Vormund, der da schnür' und schraube,
Wirf' auf den Geist, wie auf den Hals — der Strick.

Die Ansicht, daß Roms Kirche für den Süden,
Die neure für den Norden paß', ist Trug:
   Das Falsche, Seichte, 's Prunken auch und Brüthen,
Dort oder da, sie schaden stets genug.
   Nicht Blendwerk, nur Vernunft in dem Erhabnen
Hilft einem von Unglauben untergrabnen
Dienst Gottes wieder auf zum Höhenflug.

   Fürwahr! veralten kann der Glaube,
Wenn nicht im Wesen je doch in der Form Gewand.
   Die Zeit bewirkt, daß sich der Baum entlaube;
Ein Bau versinkt durch Sprünge, Sturm und Brand,
Zumal wenn, nach des besten Meisters Scheiden,
Schlecht're Gesellen als die Fetisch=Heiden"
Ganz arg vermischt den Kalk mit Kies und Sand.

   Augustus' Reich war auch ein Reich der Todten;
So wie der neuste Zaar schien er doch mild.
   Die Freiheit sandte keine Lenzes=Boten
In jenes Weltreichs moderndes Gefild.
   Friedhöfen, unermeßlichen nur glichen
Die Länder noch; die bessern Geister schlichen
Vorüber an des Tempels Götzenbild.

   Der Spiegel ist's der Kirche jetzt und Staaten:
Umwandlung wiederum die Welt ersehnt.
   Des Zeitgeists allwärts ausgestreute Saaten
Zeigen, wie weit sich seine Flur erdehnt.
   Ein großer Mann, ein großer Geist — Erfolge
Hätte derselbe jetzt, bei Glück, wie solche
Dem holden Feeenland der Traum entlehnt.

   Hielte der Staat den starren Glauben nimmer,
Er sänk' in China selbst auf seinen Werth.
   Gewissermaßen nur Gewalt und Flimmer
Schürt seine Glut noch auf dem niedern Herd.
   Dann kommen ihm zu Hülfe noch zwei Stützen:
Was noch vom Stifter da; fürwahr! zum Nützen
Und weil das Volk auch Seelenschnaps begehrt.

Wenn drei der Viertel aller Spanier heute
Nicht lesen können,⁸⁰ ist's ein Wunder da,
Daß sie dem Papst verblieben treu're Leute
Als die im eigenen Italia?!
    Verständen sie recht Bibel und Geschichte,
Sie kämen, ohne irgend einen Fichte,
Der Wahrheit und des Truges Spuren nah.

    Ein Blick auf Münster, Paderborn, Altbayern,
Italien, Frankreich, Spanien, Portugal
Und Südcolumbia wird es als wahr betheuern:
    Dieselbe Wirkung zeigt sich überall.
Der Fluch verbreitet über Dich, Südwesten!
Er lastet schwer mit den verderbnen Resten,
So lang' noch steht der falschen Götter Hall'.

    Erschien, des Glaubens halb, nach dreißig Jahren
Deutschland zerrütteter als sonst ein Reich,
Hat wohl auch Frankreich Schreckliches erfahren,
Die Bluthochzeit mahnt uns daran sogleich;
    Doch ist am meisten Deutschland vorgedrungen
Zum Sieg des Geistes, einst der Zucht entrungen
Von eines fremden Priesters Ruthenstreich.

* *

    Vorkämpfer Luthers sind uns Geistes Ahnen,
Die Nachhut seines Geistes Enkelschaft.
    Die Einen wie die Andern — sammt ihm, bahnen
Den Weg zur Freiheit, aus des Geistes Haft.
    Wir sehen sie verklärt in Christus Lehre,
Der Gottheit schönstes Licht, das leuchtend hehre,
Das nimmer rastet bis es Tag sich schafft.

Wir sehen sie verklärt im Sternenheere,
Der Gottheit schönstes Bildniß für das Aug'. —
Daß sich der Allmacht Schöpferkraft bewähre,
Genügte ihres Odems milder Hauch,
Gesetz und Freiheit stark in uns zu einen,
Während die Sonnen, die da prächtig scheinen,
Nur dem Gesetze folgen, gleich dem Strauch'.

Und diesen Vorzug der Gedankenfreiheit,
Den sollte bannen uns ein Sterblicher!
Zu deuten frei, nach unserm Sinn, die Dreiheit,
Lehrsätze überhaupt — verderblicher
Kann Das nicht wirken, als nach Vorschrift glauben.
Der Erde, wie des Himmels traute Lauben
Zeigt d'rum des Denkmals Geist erwerblicher

Erwerblicher, als es die Wallfahrtorte
Geheiligter Gebeine je vermocht;
Erwerblicher, als durch der Päpste Worte,
Die stets doch auf Unfehlbarkeit gepocht
Und uns darum des Denkens gern enthoben,
Ja, bis zum Krüppel den Verstand verschoben
Und bis zum Irrwisch hin des Geistes Docht.

* *

Ersteigt der Pole den Kosciuszko-Hügel
Und Du, Stockböhme! Deinen Ziskaberg,
Geschieht's nicht mit des Aaren starkem Flügel,
Nicht, wie zur Lust empor sich schwingt die Lerch':
Ein Mischgefühl faßt oben die Beschauer
Voll Hoheit, Stolz und namenloser Trauer:
Am nahen Teiche winkt des Todes Färch'.

Annaht ein Mann, gleichviel aus welchem Volke,
Zu Luthers Bild, o! Schauspiel andrer Art.
    Umzieht ihn nicht des Vorurtheiles Wolke,
Er nur unendlich Schönes hier gewahrt:
    Auf Höhen steht er, reich an Uebergängen
Von mitternächtlich dunkeln Felsenhängen,
Nach Eb'nen, wo sich Licht und Milde paart.

    Im Rücken liegen ihm die düstern Klüfte
Der überwundenen Vergangenheit.
    Vorn schweben duftumzog'ne Morgenlüfte,
Nur scheinbar wieder mit der Nacht im Streit.
    Im goldnen Rahmen-Glanz der Sonnenstrahlen
Zeigt sich der Fluren Himmelreich zum Malen:
Der lichten Zukunft Bild, voll Herrlichkeit.

    So mahnt uns Luther an der Menschheit Wüste,
Aus welcher er nach schönern Gau'n geführt.
    Wer ihn geschaut und dankend nicht begrüßte,
Dem nimmerdar der Name: „Mensch" gebührt.
    Die Pfade, die der Heiland schlicht und bieder
Bezeichnete, fand er, beim Dämmern, wieder,
Trotz Irrlichts Glut, vom Antichrist' geschürt.

    Er ist des deutschen Volkes Gottgesandter
Mehr als es war Roms Bonifacius.
    Kein großer deutscher Mann zeigt sich entbrannter,
Auf seines Lebens Höhen und am Schluß,
Für Deutschlands Sache, rein von fremdem Wehe
Und deutscher noch vom Wirbel bis zur Zehe
Dort, vor des Vormunds Thron am Tiberfluß.

    Nur Hermann darf sich Luthern hier vergleichen,
Sogar Pipin und Karl der Große nicht.
    Um ihre Zwecke leichter zu erreichen,
Verstärkten sie des Priesterthums Gewicht.
    Die Hohenstaufen suchten's zu begränzen,
Doch auch durch jenes Land des Weh's zu glänzen:
Des Weh's für Deutschland's eignes Geisteslicht.

Im Vollgefühl der Herrscherkraft, da hegte
Gar Fritz der Große die gefährlichen
Gesellen der Verfinst'rung und verlegte
Den Fall des Feinds der leicht Bethörlichen,
Gleich andern Schutzherr'n in der Zukunft Ferne.
    Einstweilen schielen sie, als dunkle Sterne,
Doch überdauert sie der Geist der Ehrlichen.

*   *   *

    Wenn Luther noch an einen Teufel glaubte,
Den schwarzen noch, den rohen, furchtbar graß,
Es nimmer seinen Lorbeerkranz entlaubte,
Warf er sogar nach ihm das Tintenfaß.
    Seh'n wir, statt Eines, jetzt nicht viele schwirren:
Speckmäuse, Haar und Köpfe zu verwirren;
Doch keine Teufelchen, bei Nacht nicht laß?

    Es sind noch weit gefährlich're Sophisten,
Als Sokrates besiegt je in Athen.
    Sie gelten für die wahren Antichristen
Und, leider! eines morschen Stuhles Lehn'.
    Da wurmdurchstochen aber längst die Füße,
Schickt ihm der Tod stets derb're Sterbegrüße,
Dem auch die Finsteren nicht widersteh'n.

    Im vorigen Jahrhundert sprach ein Franzmann,
— Wenn wir nicht irren, war es Diderot —
Auch für den Teufelsglauben; Hört! ein Landsmann
Voltair's sogar, der kaum geglaubt an Gott.
    In Anbetracht der finsteren Bergknappen,
Aus Spanien, mit dem Pferdefuß als Wappen,
War es sein Ernst und nimmer, nimmer Spott;

Denn lösen sich die schreienden Mißtöne
Im großen Ganzen auch in Wohlklang auf;
Stört oft doch unterweltliches Gehöhne,
Schau'n gläubig wir zur Sternenwelt hinauf.
　Es scheint vermeinten Wohlklangs arg zu spotten
Und anzudeuten, daß die schwarzen Rotten
Unüberwunden halten 's Schwert am Knauf.

　　Wenn aber Pater Roh den Glauben predigt
Und schreit: „Beweis't doch, daß kein Teufel sei!"
Und ganz bequem die Frage so erledigt:
　„Da Ihr's nicht könnt, gibt's also Teufelei."
Wenn Richter den Beweis zum Muster nähmen,
Ob Roh's und Teufels Vorrang schwänd' ihr Grämen;
Sie glichen sich gesammt, wie's Ei dem Ei.

＊

　　In Asien gibt es weltberühmte Gaukler,
Die Roms sind aber wohl die größten doch:
　Sie stoßen uns als sehr gewandte Schaukler,
Gen Himmel und in's tiefste Höllenloch.
　Wir halten, fest geklammert, uns am Seile,
Wie froh! sind wir, nach einer Weile,
Vom Orte wieder fort, wo's roh sodomisch roch.

＊

　　Den herrlichsten ergänzenden Genossen
Fand Pater Roh am Pater Hückenbroch.[1]
　Der hat die Hölle fürchterlich erschlossen
Dem bangen Blicke wie kein Rubens noch.
　Wo beide hin?! wenn laut: „Fort, fort!" erschölle?
Wo anders als zur Hölle!
Vorsorglich er deshalb sie wiederum durchkroch.

Nicht dort gewesen jüngst, konnt' er unmöglich
Schildern so schaudervoll. Geboren kaum,
Ward er zum Vetter schon heraufbeordert höchlich;
Sein arges Bethlehem entschwand ihm da zum Traum.
    Als Fremdling fast, gleich einem ed'len Griechen,
(Odysseus! zürne nicht!) mußt' er erst 's Haus umkriechen,
Bis er geruht auf seiner Wiege Flaum.

    Er traf des Teufels Muhme, seine Mutter
Von einer Menge Freier auch umtollt.
    Gepeitschte[82] Seelen, leicht geschmort in Butter,
Als Schinken dann beim Kessel aufgerollt,
Dienten zum Schmaus den Frechen, die da praßten
Und nun vom Sohn hinabgewürgt — erblaßten;
So wüthete der Flammentrunkenbold!

    Sauhirtens Beistand war nicht Dem von Nöthen,
Ganz Sauhirt und auch Hückenbroch zugleich.
Ha! Mann's genug, die Lumpen all' zu tödten,
Umher im Schattenreich
Und die bald noch zu holen,
Die sich auf Erden hoch empor gestohlen,
Durch irgend einen Luisstreich.

    Fürwahr! des Pater Roh vorzüglichstes Kumpanchen:
So lümmelstark, doch fein und so voll Zauberei!
    Bestürzt, entfloh vor ihm das Amsterdamer Jähnchen,
Vor ihm, bald Krokodill, Hyäne oder Hai,
Bald Mensch, im finstern Rock, bequemer wohl zum Meucheln;
Die hohe Abkunft zwar, die kann er kaum verheucheln,
Als Rabe selbst, mit widerlichem Schrei.

    Bald Riese[83] Ymer in der Göttersage,
Das Ei[83] sodann, woraus das All entstand;
    Wahres Chamäleon in jeder Lage,
Ist er der Nonn' und auch dem Payst zur Hand.
    Er weiß sich leicht zum Engel zu beschwingen,
Auf Tschimborasos Höh'n 's Lob Gottes vorzusingen;
Tief unten flugs, trinkt er sich einen Brand.

Der ew'ge Jude, doch gewiß sehr flüchtig,
Ist eine träge Schnecke gegen ihn.
 Kürzer befingert und befußt, scheint eifersüchtig
Der Unbarmherzige. — Der hält nun ab von Wien
Seinen Genossen, den großen goldnen Rothschild;
Da sorgt Freund Hückenbroch der Hofburg stets für Rothwild
Ganz schwarz gebeizt und reist höchstselbst oft hin.

 Er fährt in jeder Wagenklasse,
Als Fürst, als Mohr, als Händler auch von Vieh,
Gleich weiland Bödecker[84] mit falschem Passe,
Leicht änderbar, den ihm der Vetter lieh.
 Von Hund und Buhle spricht er mit den Grafen,
Bei Metzgern klug von Böcken oder Schaafen,
Am jüngsten Tag so wohlfeil als wohl nie.

Doch von der Kindheit her weiß nichts sein scheu' Gedächtniß;
Zwar Höllner von Geburt,
Berief ein zu erschleichendes Vermächtniß
Ihn früh herauf, wie Ihr bereits erfuhrt.
 Er trieb sich um an Höfen und in Schenken;
Ein Brandmal nur und 's Pathenangedenken
Wies ihm, wo er das Licht der Welt erlurt.

 Wenn länger wir bei Hückenbroch verweilen,
Kränkt es vielleicht den anderen Kumpan.
 Zurück zum Roh wir eilen,
Als wohlgethan,
Um noch ein Wort von diesem nachzubringen,
Dem Ebenbürtigen in Wunderdingen:
 Roh, fast bismarklich groß, Hückbrocken nah daran.

*

Vermuthlich hatte Roh schon früh geheime Gründe,
Die ihn zum Teufels-Glauben hingedrängt
Und weil es heißt, weß' Du gewiß bist, künde:
So hat ihn halbe Ehrlichkeit gelenkt.
    Die Art und Weise nur, wie er gesprochen,
Wird oben einst, doch unten nicht gerochen;
Zwar nie der Jesuit an oben denkt.

    Viel leichter war ihm, sonder allem Zweifel,
Des Höllners irdisch Dasein kund zu thun,
Viel leichter, als das Wunder an der Eifel,
Das einst nicht Ronge ließ in Frieden ruh'n.
    Dies streng bedacht, dann halbe Ehrlichkeiten
Auch gar nichts gelten; — Luther ließ sich leiten
Von jener ganzen, uralt, gleich Abun⁸³;

    Ja, völliger darf Luther sich berühmen,
Urächter deutscher Art ganz und Gemüth's.
    Der Abgrund rief daher die Ungethümen
Zur Hülfe seines sinkenden Gemüth's;
Denn Luthers Geist gewinnt stets mehr Genossen,
Wie er zuvor schon Manchem sich erschlossen.
    Allmählig glimmt das Feuer, dann erglüht's.

    Erglühen wird es bis zur lichten Flamme.
Der Angelsachse Bonifaz war doch
Des Auslands Knecht. Vom wüsten Götzen-Schlamme
Zwar reinigend, belud mit Romas Joch
Der Heilige das Volk; statt es im Eiland
Des eignen deutschen Geist's zu weihn dem Heiland. —
    Des Geistes Hammer sprengt die Kette noch.

    So stehen wir im Morgen schon der Zeiten,
Wo sich die Nacht zu halten nicht vermag.
    Oft mögen Wolken hin am Himmel gleiten;
Da scheint hinabgesunken uns der Tag.
    Ein Windstoß scheucht sie weg: des Himmels Bläue
Umglänzt uns herrlich wiederum auf's Neue;
Frohlockt doch selbst das Vöglein dann im Haag;

Sogar der Vogel dort — der Eingefangne,
Wenn ihm das Licht im Käfig wieder strahlt.
    Er schweigt nur, als der künstlich Nachtumhangne,
Wie sein Gefängniß nun ein Tuch umfahlt.
    Wir zieh'n des Tag's Umhüllung weg: der Sänger
Ergötzt von Neuem seines Lichts Verdränger.
    Zwar sei hiermit nicht unser Bild gemalt.

    Wir theilen nicht das Loos vom Vögeleine;
Wir sind uns unsres Menschenrechts bewußt.
    Des Geistes Güter sind uns Edelsteine.
Des Priesters Vorschrift: Mündel, sieh! Du mußt
Dies glauben und so beten, — ganz unsäglich
Erschien' uns solch' ein Urtheil, unerträglich:
    Zwangsjacken um des freien Menschen Brust!

    Geläng' es je, sie dicht uns anzulegen
Und unsern Kindern, noch so zart und jung,
Daß der Gedanke sich nicht kann bewegen
Noch frei entfalten mit Begeisterung,
Nach eigener Erkenntniß und der Väter,
Weder an Gott noch der Vernunft — Verräther,
Dann über uns jedwede Geißelung!

    Das schwebte Luther vor, als er begonnen
Vom Wahn sich los zu ringen allgemach
Und an dem Licht der Bibel sich zu sonnen
Und einzuseh'n der Zeiten Weh und Ach.
    Er glaubte erst an Huffens Schuld und rannte
In Rom umher, gleich Andern, — sogenannte
Geheiligte Gebein' zu schau'n, — noch geistesschwach.

    So mühsam hat noch Keiner sich geschwungen
Aus grauser Finsterniß hinauf zum Licht,
Vom Joche noch sich Keiner losgerungen,
So ging noch Keiner mit sich in's Gericht.
    Des Klosters Druck lag fürchterlich geschichtet
Auf seinem Geist, bis er ihn ganz gelichtet,
Im Troste: glaube und verzweifle nicht.

Die Schaar, die seines Geistes Burg umlagert,
War aufgethürmt die starke Burg entlang.
    Sein Körper krankte, völlig abgemagert,
Bevor ihn Gotteswort und Licht durchdrang.
    So hielten die Jahrhunderte der Fälschung,
Des deutschen Geists entsetzliche Verwelschung
Seines Gemüthes Widerstreit im Drang.

    Je mächtiger der Trug ihn noch umfangen,
Je größer steht vor uns der Glaubensheld..
    Von ihm und Andern, welche für uns rangen,
Ererbten wir ein wohlgebautes Feld.
    Ha! ließen wir das sonnige uns nehmen,
Gäb's keinen Spott zu stark, uns zu beschämen,
Kein Hohngelächter, das genugsam gellt.

*

    So dien' auch Luthers Standbild uns, als Mahnbrief
Vor jeglichem Versuch der Finsterniß
Und wach zu sein, sobald uns auf der Hahn rief,
Um auszubreiten Licht in jeden Riß.
    Gleichgültigkeit und Stillstand sind Verbrechen,
Die sich zu schrecklich, zu entsetzlich rächen:
Der Untergang folgt ihnen stets gewiß.

    Im Namen Protestant liegt die Verpflichtung
Verwahrung einzulegen gegen Lug,
Nicht bloß ob jener alten falschen Richtung,
Auch gegen jeden neueren Betrug
Im fremden oder in dem eignen Lager.
    Nah oder fern einkriechende Zernager
Schaden und dringen vor von Fug zu Fug.

Weil wir gesammt nur hoch, als Brüder, ragen,
Als Gottes Kinder, als vernunftbegabt,
Läßt nimmer sich mit vollem Rechte sagen;
    Woran sich Dieser oder Jener labt,
Um Das hat sich kein Andrer zu bekümmern;
    Betrifft es Unheil, wird es Glück zertrümmern. —
Ihr springt Euch bei, weil Ihr Euch gerne habt.

    Ausarten kann oft überdies zur Seuche,
Was sich, als Krankheit, erst an Einem zeigt,
Dann zwiefach Pflicht, daß Jeder stark vorbeuge,
Und ist es im Beginne meist noch leicht.
    Aus Einem Lainez wuchsen zwanzig°° Tausend,
Wie viele jetzt? Geheimniß, ob auch grausend:
Geheimbund! den der Hölle Kröt' gelaicht.

    Aus ganz gemeinem Sprichwort läßt sich deuten
Oft, höchstbeachtenswerth, ein tiefer Sinn.
„Im Trüben fischen" wissen auszubeuten
Die Jesuiten feiner als die Spinn' •
Ihr Netzchen webt. Des Menschen-Glückes Trübung
Bleibt dieser schwarzen Spinnen Lieblings-Uebung,
Fürwahr! sie sind nicht stümperhaft darin.

    Damit kein Strahl der Wahrheit — Bahn sich breche
Sorgt man, daß keiner ihrer Zöglinge
Allein mit einem Fremden spreche.
    Spaziren geh'n sie, je Zwie= je Drillinge
In langen Reihen, im langen düstern
Schwarzen Gewand; ihr Reden scheint ein Flüstern,
Als ob soeben erst gediebt sie Schillinge.

    Hochschulen schildern Lainez' ihren Schülern
Als Scheusale der Ungebundenheit;
    Fern aber bleibt den Sittenunterwühlern
Laster zu rügen, voll Abscheulichkeit,
Die fast ein jedes Seminar brandmarken.
    Hochschulen denkt hinweg! wie gräßlich würd' erstarken
Der Papst mit seiner Schaar im finstern Kleid!

Um nicht, beim Drang der Zeit, nunmehr zu fallen,
Da spenden sie verdünnt der Wissenschaften Wein,
Dehnen die Schöpfungstage gern vor allen
Pfiffig nun auch in's Blaue weit hinein;
   Doch nur, damit ein Vogt sie nicht besiege
Und ihnen nicht entgeh' der Dummheit Fliege,
Ihnen den Spinnen dort, am alten dunkeln Schrein.

   Traun! hätte Vogt die Schöpfungswoch' erwiesen,
Als eine knappe, ganz gewöhnlich kurze:
Kein Mitarbeiter dann an ihrem Sturze,
Würd' er als wahrhaft Gläubiger gepriesen;
Auch unterbliebe dann die neure Deutung sein.

*

Ein Auserlesner aus Napoleons Garde,
Ragt jeder Cent-Gar[87] als ein Mann hervor,
Der mit des Knechtsinns prunker Hellebarde
Den Herrn umwacht, daß ihn kein Schuß durchbohr'.
   So stützen tausende den Papst, nicht hundert
Der finstern Kerle. — Vom Stuhl entplundert
Trotzdem das Volk sich, ewighin kein Thor.

   Wohl niemal stoßen Stuhl und Schemel fort die Fürsten;
Wenn es demnach das Volk nicht selber thut,
Mag stündlich es am Rock[88] des Heiles bürsten,
Benagt ihn doch der schwarzen Motten Brut.
   Wie werthlos Tuch, worin die saubern haus'ten,
Die schon seit Meroe des Volkes Wolle schmaus'ten,
Faßt Börnes großer Narr doch endlich gut.

*

Den Schüler lehrt Ignaz[39] den rauhen Asper,
Den weichen Lenis sehr genau, doch nicht
Der Griechen Schwung; des Schusters Jungen Kasper
Das Priesterhandwerk gut, doch nichts vom Licht;
        Dann gar des dummen Volkes Maid und Bu'chen,
Dem machen sie ein Ichen vor statt Uchen,
Daß es verbleib' auf ewighin — ein Wicht!

        Wie kann aus den verkünstelten Begriffen
Das Volk zur Klarheit sich erheben je?!
Des Geistes Schiff, vor lauter steilen Riffen,
Anlanden aus des Unsinn's dunk'lem See?!
        Scheint nicht des Lainez' Unterricht erfunden,
Daß Michel sammt den Andern nie erkunden,
Wo Barthel — Most holt, Confutse — nur Thee?

        So hat der Bonze — Chinas Schrift erfunden,
Als Hemmschuh für des Volks Entwickelung;
Hält seit Jahrtausend' Asiens Geist gebunden
Und bannt den Blick ihm an die Niederung;
        Doch Kurz- und Drahtschrift[40] Chinas Schrift verdrängen
Und aus des Drahtbriefs[41] leisen Aeols-Klängen
Tönt selbst für Asien einst: „Entfesselung!"

        So wird kein Jung' in tausend Jahren lernen,
Wie Kirchenwunder zu enträthseln sind,
        Nußknacker bald vom Kern' die Schal' entfernen;
Korn wird zu Mehl, dreht sich die Mühl' im Wind.
        Vergebens reibt die Mühl' im Kopf am Wunder,
Es macht nur dummer, statt der Weisheit kunder.
Jedoch, trotz Roms! Vernunft an Halt gewinnt.

*   *

Auf Erden werd' es sichtbar schlimmer,
Das zeige recht der Cölner Erzbischof.
  Hüpft Roh mit Hückenbroch verrückt als grimmer
Undeutscher Geist im bunten Fastnacht=Stoff,
So jauchzt auf tollem Fasching auch der Melchers
Mit Kett'ler nach dem Pfiff des finstern Schwelgers,
Der sich zum Feldherrn aller Lainez' soff

  Und zwar durch ein Gebräu' aus List und Galle
Sammt Lügen=Dintensatz, genannt Cäsar Cantu.⁹²
  Satan berauscht es auch seit seinem tiefern Falle
Zur dumpfen Wuth und um dem Elihu
Glückseligkeits=Gelüste zu verteufeln,
Läßt in den Fusel noch — Fluch und Verruchtheit träufeln
Die Muhm' aus ihrer Gifte Truh'.

  Gar die Verfluchten, die im Kessel sieden,
Weil alle Weine sie gefälscht sammt Most
Und noch Verfälschungswuth nicht läßt in Frieden,
D'rum hier die Qual vereint, aus Süd, West, Nord und Ost,
Die werfen noch, im Schmerz, zum Trank, dem Mauernbrecher,
Für allerhöchste trunk'bolbliche Zecher,
Ein Gift, beim Schwelgen aufgetrofft.⁹³

  Wer diesen Kümmel schlürft in nimmermüden Zügen,
Ihm scheint Aquatossana⁹⁴ machen leicht,
Den fürchterlichen Wünschen zu genügen,
Wonach die Menschheit krank dahin noch schleicht,
Bevor, im festbestimmten fernen Zeitraum,
Nichts ihrem Geist mehr übrig als zum Leid — Raum,
Bis er hinsterbend sich vor dem von Lainez neigt;

  Vor ihm, dem wüst in Tiefen doch gebornen,
Vor ihm, mit dem von Gott im Widerstreit!
Vor ihm, durch Spaniens Wahn heraufbeschwornen,
Im düstern Hut und düstern Ordenskleid. —
  Tollkühner Geist! Gott schmettert Dich zu Boden,
Zur Stund', wo Du der Menschheit Geist zur todten
Schrecklichen Fratze Deiner Lust geweiht.

Vor der Vernunft im All', der schönsten aller Oden
Zu Gottes Lob,
Der lebensfrischen, freiheitlichen rothen,
Die Gottes Huld umwob
Mit seines Geistes Lilien und Rosen,
Während er Dich in Abgründe verstoßen,
Vor ihr versinkt, der gräßlich sich erhob.

Auf Erden wird's allmählig immer schöner
Und ward schon minder teuflisch allgemach.
Trotz aller Bösen, trotz des Lichts Verhöhner
Durchdringt es Dach und Fach.
Umsonst erschien kein göttlicher Versöhner;
Der Höllenmächte Fröhner
Verendet unter fürchterlichem Ach!

Darum verzweifelt nicht am Geist der Zeiten,
Verzweifelt nicht am göttlichen Beschluß:
Tief wird das Schlechte in den Abgrund gleiten;
Warum so spät? das fragt nicht! doch es muß.
Bergschlundes Lava kann nur Harm verbreiten,
Gleich brüdermördischem Streiten.
Des Himmels Lava kommt zuletzt in Fluß.

* * *

Das stärkste Reich muß seine Krone hüten
Auch so das Reich der Wahrheit immerdar
Und neue Edelstein', als Lenzes Blüten,
Hinzu noch fügen jedes neue Jahr.
Wo Glanz und Blüte fehlt, beginnt das Sterben;
Das Leben heischt ein ewigliches Werben,
Damit es seine Strömung sich bewahr'.

Erröthen mögen vor des Denkmals Größe
Die innern Feinde: Hengstenbergens Schaar.
   Verdrängt sie auch des lauten Spotts Getöse,
Brandmarkt sie doch! sie bringen stets Gefahr.
   Standbilder hier! schaut an nur mit Verachtung
Wer überging in's Lager der Umnachtung;
   Im Flug beschämt ihn selbst ein Thier — der Aar.

   Ob alle Braven hier im Denkmal prangen,
Ob nicht, gleichviel; sie steh'n im Geiste da;
   Darum auch Alle liebend wir umfangen,
Die Gottes Auge wacker kämpfen sah,
Daß seines Lichtes Reich nicht stürz' in Trümmern
Vor denen, deren Schlachtruf heißt: „Verdümmern,
Verelenden!“ wie's vormaleinst geschah.

*

   Noch mancher Priester aus der alten Schule
Handelt im guten Glauben, ohne Trug;
   Dagegen andre nur die Kirch' als Buhle
Sich gern erkoren und als Pflug,
Leichter in niederer Sinnenlust zu prassen
Und Jeglichen zu hassen
Von höher'm Wissen und Gedankenflug.

   Die alte Schul' ist die von Lainez Geifer
Noch nicht vergiftete,
Als noch die Fürsten reifer
's Unheil erwogen, das er stiftete;
Deshalb die Brut verbannten, statt zu hegen,
Um matt und dumm den Zeitgeist brach zu legen,
Der schon so Vieles lichtete.

* * *

Das Ewig=Wahre nur die Menschen fassen
Durch Umgestaltung in ein kleines Bild
Und sich einander meiden oder hassen,
Wenn es den Andern nicht als wahres gilt.
    Stets arg Befang'ne, selbst sie's nicht vollbringen
Die kleine Schöpfung völlig loszuringen
Von jeder Hemmniß, die den Geist umschwillt.

    Die Juden im Jehovah Grösse zeigen;
Im Volks=Gott [95] sind sie eigennützig klein.
    Größ' ist im Allah auch dem Islam eigen;
Vorausbestimmung schwächt ihn ab zum Schein.
    Dir Katholik! [96] so groß, durch Allgemeinheit,
Doch starr! Dir trübt Anmaßung sehr die Reinheit;
    Selbstständig darf dein Geist auch nimmer sein.

    Den Einheit=Staat in Oestrich zu begründen,
Fehlte der Sprache ächtgemeinsam Band.
    Mit ihm sich auf das Engste zu verbünden,
Rieth keck darum des Römlings Priesterstand;
Um durch der Kirche Einheit zu erreichen
Ein einig Volk sodann — aus Geistes=Leichen!
In Rom — den Mittelpunkt zum Vaterland!

    Ha! Vaterland! Der Deutsche opf're Alles
E i n 's zu erringen, einig stark und groß;
Sonst naht ihm, ach! die Stunde seines Falles:
Der Unterjochung, der Verkümm'rung Loos!
    Traun, könnte selbst ein neuer Glaube retten
Vor der Verkommenheit und Schmach der Ketten.
Sinke der alte in des Grabes Schoos!

    Doch nur um Katholik und Protestanten
Herzinniger zu einigen;
    Zur Seite steht der Neuzeit, der ermannten:
Geist und Vernunft, um ganz zu reinigen
Was noch zur höchsten Schönheit fehlt dem Drange
Bei Gott zu sein und doch den Tod der Schlange
Der innern Zwietracht zu beschleunigen.

Geschiedne Völker wird kein Glaube einen,
(Freiheit und Sprache bleibt der rechte Kitt).
　Noch leichter mag das Riesenwerk erscheinen:
Dem deutschen Volk, das viel durch Glauben litt,
Einen gemeinsam neuen schönern zu verschaffen,
Um es vereinigt leichter aufzuraffen,
Zum Höhengange, mit dem Heldentritt.

　　Zwar Luthers Lehre, — ob auch unvollkommen,
Gleich Allem was der Mensch nach Gott erschuf,
Hat doch die Forschung in sich aufgenommen:
Dem Fortschritt huldigen bleibt sein Beruf.
　Vermenschlichung sproß't darum, vorzugsweise,
Aus ihr hervor, hier auf des Lebens Reise,
Der Unterlage zu des Himmels Stuf'.

　　Wenn Ihr des Denkmals tiefstem Sinn gerecht seid,
Jenem, fürwahr! der Fortentwickelung
Und Gegner von des Muckerthumes Knechtheit,
Treu zugethan dem frei, stets freiern Schwung,
Spornt Euch dies schönste Denkmal zum Betheuern:
　„Nachsteht, beim Standbild, dem doch ungeheuern
Peter des Großen — die Bewunderung."

　　Ja, Luther trägt uns weiter, als er dachte,
Doch lag das Weiter schon in seinem Geist;
　Es war der nach der Neuzeit hin erwachte,
Der vorbersamst Verscholl'nes niederreißt.
　Er schuf dann was des Mittelalters Schranken
Knapp eingeräumt hochfliegenden Gedanken.
　Seht! wie sein Blick Euch fortzubauen heißt.

　　Wenn er auch bei den Bauern in der Eifel
Auf Gotteshöh'n am Martins Tage brennt,
Er überdauert, ohne Zweifel,
Die Ihr als Brut der wüsten Nacht erkennt.
　Fortlebt er ja, gleich allen großen Männern,
Zumal des Gotts Bekennern,
Der sich Jehovah, Brahm, Ormuds und Allah nennt.

* * *

Auf daß wir selbst bestimmter noch begründen
Wie stark die Anzahl war der Kämpfer je
Für eigne freie Forschung, so verkünden
Wir Mancher Namen noch, daß mindest steh'
Ein kleiner Denkstein hier, um sie zu ehren.
    Kann auch der Raum uns mehr zu sagen wehren,
Sie ganz zu übergehen, thäte weh'.

    Aufnehmt sie denn, gleich wirr-verschlung'nen Sagen:
Den Heinrich von Zütphen, Holsteins Sohn,
Den Justus Jonas und den Bugenhagen
Und Gustav Adolf, statt auf Schwedens Thron
Den Tod zu finden, hingerafft zu Lützen,
Die Zillerthaler, die, ihr Heil zu schützen,
Auswanderten, beim großen Friedrich schon.

    Und die Gemeinde Lanz, auf den Karpathen,
Johannes Tauler, Spalatin und Lenz,
Auch Passaus Kaiser, aus Altbayerns Staaten.
    Nun, Du Hussite: Misa! hier erglänz'!
Als Bundeszeichen kühn den Kelch verlangend.
    Auch Du, Oraniens Wilhelm! nimmer bangend;
Das Weib Borzinski hier den Kranz ergänz'.

    Und Spanien, ha! mit deinem dunk'len Leuchten,
Zeig' Posa dort und eines König's Sohn,
Die auch des Geistes Freiheits Drang bezeugten,
Der stolz dem grausen Tod gesprochen Hohn.
    In des geheimen Bad's lauwarmen Fluten
Mußte Philipp des Zweiten Sohn verbluten;
    Stumm blieb Castilien und Aagon!

    Zum andern Philipp hin! zum deutschen Fürsten,
Auf den Germanien mit Ehrfurcht schaut;
Der nicht, wie der Spaniol, mit Tigers Dürsten,
Nach Opfern lechzt, nein, welcher mitgebaut
An Gottes Reich, dem Reich des freien Wollens,
Dem Gegensatz des unbedingten Sollens,
Des blinden Glaubens, dem vor Mord nicht graut.

War es Philipp dem Zweiten gläubig-möglich
Zu weih'n den eigenen Sohn dem Ketzeramt;
Verwundert sich der frömmste Christ doch höchlich,
Daß nicht der Papst darob schien zornentflammt,
Sondern der Regung zurief des Gewissens,
Wann nachts Philipp nicht schlief, trotz weichen Kissens:
    „Nur wenn Du nicht gefolgt, warst Du verdammt."

    Zum deutschen Philipp hin! von dessen Räthen
Der kühnste selbst nie hätte das gewagt,
Was, ganz in Demuth oder sonst erbeten — — —
Noch, als Geheim-Vertrag, am Lande nagt:
    Die Natter, die sich längt zur Riesenschlange,
    Vor welcher selbst dem untern Herrscher bange,
    Wann, palmweintrunken, er im Süden jagt.

    Großmüthig hieß Philipp von Hessen, — auch so
Hochherzig stand er Luthern bei mit Wucht.
    „Großmüthig" ob sich noch ein Wort verhauch' so
Wohltönend in des Herzens Friedens Bucht?
    Ohn' ihn und Sachsens Hort, nebst Dir, Zweibrücker!
    Obsiegten damal noch des Geist's Bedrücker,
    Die allesammt Gott Zebaoth verflucht.

*

    Sickingens noch gedenken wir beim Standbild,
Wie Hutten er auf seiner Burg geschützt;
Denn bis an seines Lebens Trümmer-Rand gilt,
Fürwahr! daß er Bedrängten viel genützt.
    Denkt Beide hier, von Luthers Arm umschlungen,
    Unsterbliche, gleich ihrem Freund besungen:
    Sickingen kühn auf's blanke Schwert gestützt.

War dieser Held auch fürchterlich im Trinken,
War er's den Cölner Mönchen wohl noch mehr,
Und schimpften Räuber ihn des Klosters Finken,
Entnahm er ihnen — Salm, Forell und Stör,
So folgt, im Nu, daraus den Geistes=Flinken:
    Wer Fische speis't, spielt nicht im Durst den Linken
Und gibt dem Pfaffen=Jammer kein Gehör.

    Doch alle Geistesbrüder her zu nennen!
Melanchton, Zwingli, Calvin — wüßten 's kaum.
    Als Zeitgenossen wir noch Bunsen kennen
Und Diesterweg,⁹⁷ der aus der Hoffahrt Traum
Aufrüttelte Hirt Kettler, gern im Wahne:
    Es sei die Mitternacht dem Volk vom Hahne
Verkündet an des Morgens gold'nem Saum.

    Ha! beide Männer auf des Ruhmes Wage,
O! welch' ein Unterschied.
    Gesammten Lehrerstand befrage
In unsrer Muttersprache Weltgebiet:
    Ein Jeder hat Unsterblichkeit errungen;
Der Eine wird als Finsterling besungen;
Der Andre ruht verherrlicht aus im Lied.

    Kein Pestalozzi Deutschlands darf sich rühmen,
Er habe mehr gethan als Diesterweg,
Um das, was Priester wirr verblümen
Empor zu tragen auf des Lichtes Steg;
    Kein Bischof auch, daß er wie K. 's Verlebte
Wieder in Schwung zu bringen, sich bestrebte . . . . .
. . . . . Gelang's, ganz Mainz im Kirchenbanne läg'
Und 's Denkmal hier — zertrümmert!!!

Wohlthätig ist der Mann in hohem Grade.
Sehr schön! denn mancher Reiche scheint es nicht;
    Doch giebt es eine höh're beßre Gnade,
Als Brod- und Geldes Spend' — der Bildung Licht!
    Die hilft sich selbst, braucht nicht bei Herrn von Kett'lern
Sich einzustellen, gleich verdummten Bettlern:
Elend im Angesicht.

    Wohlthäter lassen Edelsinn vermuthen.
Im Menschenherzen liegt ein reiner Kern.
    Nur um so trauriger, wenn früh'rer Gluten
Noch klare Pracht getrübt Don Lainez Stern.
    Wär' dreier Könige Geleiter er gewesen,
Wir würden in den alten Büchern lesen:
„. . . Geriethen statt zu Gott zum untern Herrn."

    Ein Zug um Kett'lers Mund verräth indessen
Verbissenheit, boshaften Glaubenswahn;
    Wen dieser lange Zeit sehr stark besessen,
Wankt andern als erbos'ter N. . . . voran.
    Gleich dem Verbrecher sinkt er immer tiefer
Dahin, wo der Verkehrtheit Ungeziefer
Den Rest Vernunft zernagt mit gierem Zahn.

    Es heißt, daß er bisweilen selbst sich geißle
Und einfach nur auf einem Strohsack schlaf'.
    Ob seiner Hiebe Wucht den spröden Block je meißle
Zum Heiland * Danneckers? Bismarck der Graf,
Vielleicht auch Heiland?!! mag's Germanien sagen
Und wann es wieder einheitlich wird ragen,
Stolz, wie des großen Otto Sohn es sah.

*   *

Auch von dem kleinen Ketteler Wormatiens
Laßt reden uns, dem frommen Mann,
 Der, frömmer noch als je ein Mufti [99] Thraciens, [100]
Neben dem Dom ein Heiligthum ersann.
 Ist er vielleicht des großen Mainzer Sancho?
Obwohl schon oft, oft, oft! kopfschüttelnd manch' O!
Lächelnd mit Lanzen ihn berann:

 Bracht' er nach Metz hin? jenen
Dem Orden dort erworbenen,
Leider darauf im fürchterlichen Wähnen:
Noch jung, als Narr, Verstorbenen!
 Auch C., und S., geheim Lainez-Bekenner,
In Zwietracht mit sich selbst, einst schöne Männer,
Früh alterten: nun wüst! — gleich **recht verdorbenen!**

 Einer davon fein heimlich 's Staatchen lenkte,
Während „von D." dazu den Namen schenkte;
Darum nur Er im Zeitbuch — der Gehenkte.

 Wenn Männer, ach! allmählig so verkommen,
Kein Wunder dann,
— Wir sagen es beglommen —
Wenn's Predigen der Paters dann und wann,
Urplötzlich Weibern den Verstand genommen,
In hohem Grade frommen;
Wie Roh an zwei, in Mischeh' lebenden, vollbracht!!!

* *

Der Bischof schuf sogar in Oberhessen eine
Verwahranstalt für Priesterwichtlinge.
 Der Ort heißt Obermörlen [101] und der feine
Zuchtmeister: — Helferich. — — — Verzichtlinge,
Gleich diesem auf Vernunft, — verdummen
Vollends Verdummte, so dort brummen:
Bald ganz erkrankt, des Geistes Gichtlinge.

Entfernt und jenseit, war sehr klug erwogen;
Läge der Kerker nah um Mainz herum:
Spottvögel kämen täglich hingeflogen
Und zwitscherten: humm, humm!
So aber wissen Viele
Nichts von dem Staat im Staat und Spiele
Mit seinem Stab, gar wunderbarlich krumm.

Schon mancher wack'rer Priester mußte brummen
Im neuen bischöflichen Burgverließ,
Wenn solcher, nicht gefügig im Verdummen,
Den Fortschritt pries.
Nach fränkischem Gesetz büßt im Gefängniß
Wer keck durch Haft, in ähnliche Beengniß,
Jemanden unbefugt hinunterstieß.

Daß unter Priester=Wichtlingen vor Allen
Die glaubensstörrigen verstanden sind,
Die lieber steh'n als heuchelnd niederfallen,
Die vom verklärten Geist des jungen Blind
Auch etwas in sich fühlen
Und Unrath wittern in des Unsinns Mühlen,
Begreift sich wohl geschwind.

Des Bischofs Buch vom jüngsten Brüdermorde
Aendert am Pfaffen nicht das Mindeste;
Es zeigt bloß die Gewandheit seiner Horde
Im Wend' und Dreh'n. Das sieht der Blindeste.
Knapp heimisch nur im deutschen Vaterlande,
Entglüht ein Bischof recht nur für die Bande
Lojol's, obwohl die sittlich grindigste.

Von ihr berührt, bleibt ihm unmöglich für das Volk da
Des heiligsten Gefühls Ereiferung.
Roms dunkle nackte Wolf ja,
Erlahmt schon ohnehin den Schwung.
Bekanntlich läßt sich nicht zwei Herren fröhnen;
Germaniens Stöhnen
Heischt ungetheilteste Begeisterung.

Wer sich dazu verdorben
Durch Ueberladungen im Geist,
Dem leider ist erstorben
Die Liebe meist,
Die einst durchglühte Winkelried und Hutten.
    Suchtet iu Kutten
Niemand, der Franklin oder Körner heißt.

    Vielseitigkeit des reichen Gottesdienstes,
Die Förmlichkeiten mancher Art dabei
Erschweren selbst dem Priester des Gespinnstes
Fäden genau zu seh'n und was es sei.
    So scheint ihm kaum die Möglichkeit geblieben,
Unmittelbar mit allen seinen Trieben,
Zu Gott sich zu erheben, frank und frei.

    Aus dieser Ueberfülle folgt nothwendig
Abstumpfung aller wahren Geistigkeit.
    Die Schaale zu unbändig
Umhüllt den Kern zu breit.
    Verdummung oder Heuchelei — die Folge
Als eine solche,
Die selbst den Papst entweiht.

    Wenn im gemeinen Sprichwort oft in Strahlen
Ein Schatz erglänzt, voll geistigem Gehalt,
Weiß es die Wahrheit trefflich hier zu malen:
    „Vor lauter Bäumen sieht man nicht den Wald.“
Auch so gewahrt der Priester wie der Pfaffe:
Tann', Eiche, Zeder — Beutelthier und Affe,
Den Hain nicht, wo Alvadurs Lob erschallt.

    Bis er ganz durch die Menge
Von Heiligen und Litaneien dringt,
Durch Weihrauch, Prunk und Klänge:
Der Nebel ihn umringt.
    Maria drängt ihn
Von Gott hinweg und lenkt ihn
Dahin, wo schon Vielgötterei durchblinkt.

Wie einfach schöner steht Jehovah, Allah,
In der gemeinsam menschlichen Walhalla,
Als Gott im All da.

* * *

Durch alle Länder, alle Gauen
Dringt wiederum der Schrei;
Fort mit den schwarzen Kutten und den grauen!
Bevor sie leck den frischen Höllenbrei
Einlöffeln unsern Kindern,
Den hoffentlich glorreichen Ueberwindern
Zwiefacher Thrannei.

Seht Belgien dort, trotz aller Freiheit,
Wie fühlt den Druck es seiner Priesterschaft!
Besäß' es doch, statt Albas Gott der Dreiheit,
Einen allein und bräch' in Haft
Und in Verbannung streng' Don Lainez' Söhne!
Es wäre dann das wahrhaft glücklich, schöne
Land der Verheißung, frei — entpfafft!

Selbst Wien [10¹], die Stadt, noch jüngst ein Horst der Pfaffen
Gleich Prag und Fulda [10²] wünscht Laineze fern.
Sogar die hastig sonst nachahmenden Herrn Affen
Erhöben bis zur Bärengrub in Bern
Ein jämmerlich Geschrei, wenn man sie zwänge
Zum Abklasch aller Schlich' und krummen Gänge
Noch lebenszähern Thiers' als die Hydra zu Lärn',

Der flugs hinweggehaune Köpfe frisch erwuchsen,
Bis Herkules das Ungethüm erschlug.
Noth thut entgegen Satans frommen Luchsen:
Clemens, der stärkre: Volk an Volk, das klug
Die Brut unwiederauferweckbar tödtet.
Völker erröthet!
Habt keine Keulen Ihr für Lug und Trug?

Beließ erschafften die Gewalt der Großen
Nur Waffen zu befohl'nem Brudermord;
Ein Mittel bleibt trotzdem zum Niederstoßen,
Das friedlichste zugleich nach Gotteswort:
   Paulus ermahnt uns, Ketzer ja zu meiden;
   Statt an den schlimmsten Aug' und Ohr zu weiden:
Naht einer, spuckt und geht gelassen fort.

   Den Lainez vogelfrei erklären, wär' nicht ärger:
Alsdann erschossen, wohl sein Loos nicht hart.
   Bät' aber lebensmüd' er nun den Leichenfärcher:
„O! hin zum Höllenstrom, hier Satans Einlaßkart',
Entwiche, wie die Bauern schon und Städter,
Der Bootsmann vor dem schändlichsten Verräther
Am Christenthum, der lichten Gegenwart.

   So fürchterlich verabscheut und gemieden,
Zum Selbstmord schlecht genug, jedoch zu feig',
Verschläng' er, hungernd, völlig abgeschieden,
Aus Roms pontin'schem Sumpf den Kröten=Laich.
   Nicht tauscht der ew'ge Jude mit dem Heuchler;
   Einst grausam, war er doch kein Meuchler.
Gern, wann er naht, bewirthet man ihn gleich.

   Es ist kein Schylock, ist kein ernster Moses;
Verzweiflung blieb zur Wahl ihm nur und Spaß;
   Da zog er vor das Gold des holdern Looses,
Gesteigert noch durch heitern Wein im Glas.
   Kam er zu Dir, ein lustiger Geselle,
   Küßt er, beim Scheiden, auf des Hauses Schwelle,
Im Scherz Dir Weib und Töchter sammt der Bas.

   Viel älter doch als ein medusalemisch
Runz'liges Haupt, mißfällt er nicht den Frau'n.
   Bedünkt sogar sein Blick mitunter hämisch:
Hoch überwuchert ihre Lust ihr Grau'n.
   Weilt er bereits beim Nordpol' oder Mohren,
   Gedenken sie noch sein, der, längst geboren,
Zechend den Tod fortlacht, den er gehau'n.

Doch 's Achtungsmittel wendet an auf Alle,
Die Euch berücken oder drücken, — statt
Hochachtung ihnen noch, bei jedem Falle,
Fast kriechend zu bezeugen, höfisch glatt.
Allmächtig sind die Völker, wann sie wollen,
Verächtlich, wann ihr Grollen,
So zahm, als laut ein Sturm im Kattechatt.

* * *

Stets gegen Trug thürmt sich der Geist des Wahren,
Als Protestantismus.
Oft unterliegt er scheinbar den Gefahren,
Die ihn umringen, das bezeugt uns Huß
Und Einer, der noch größer:
Am Kreuze, der Erlöser;
Doch ragt das Wahre hoch empor am Schluß.

Das Lutherthum, als Rechtseinspruch betrachtet,
Als Geist des Sichtens, dauert ewiglich.
Des Römlings Fälschung, die den Geist umnachtet
Und vormaleinst die Weltherrschaft erschlich,
Gleich allem Nichtigen, kann nimmer halten.
Trotz Jesuiten, trotz günstiger Gewalten,
Erschaut einst — Rom als Leiche sich.

Traun! ob das Lutherthum auf halbem Wege
Verknöchert steh'n blieb? kommt nicht in Betracht.
Es heißt: die That, zumal den Schlag erwäge,
Dem Ungethüm im Zwielicht beigebracht.
Uns ziemt es, jeglichem Verstoß entgegen
Zu wirken durch des Fortschritts Segen,
Der oft die gute Saat verhundertfacht.

Ob nicht das Lutherthum in neuern Jahren
Durch Mucker Einschub ganz verkommen sei?
    Das ließe sich vielleicht erwahren
Aus Untergrabung, Unterwühlerei
Verkappter Lainexe, die längst der reinern Lehre
Den Todesstoß, zu Gottes größern Ehre
Gern meuchlings brächten bei.

    Aus diesem Grund und allen tausend Gründen
Hat Voltair' recht in seinem Urtheilspruch:
Tief aus des Abgrunds düstern wüsten Schlünden
Sind Lainez Jünger, zu der Menschheit Fluch,
Als schlimmster Feind, heraufgespien worden,
Das Volk zu plündern und den Geist zu morden
Und zu verhöhnen unterm Leichentuch.

    Da Voltair Recht hat und wir's anerkennen,
Warum sind wir so laß?
    Der Bergknapp' bis zum Sennen,
Das Volk in Maff',
Es sollt' und müßte
Die schnöden Sinnenlüste
Umwandeln in Vertilgungsbaß.

    Doch wie bereits wir oben Euch verkündet
Und mag es kommen, wie es kommen mag
Und bleibt auch Höll' und Zaarenthum verbündet,
Zur Reige geht der Unheimlichen Tag.
    Schon wanken zwischen Kniffen sie und Aengsten
Ihr Reich bestand am längsten
Vor Gottes Odem oder Donnerschlag.

*

Dahin ist leider es mit Dir gekommen,
Mit Dir, Du selbst Dich knechtendes Geschlecht!
　Anstatt, zum eignen Frommen,
Selber zu handeln, stramm, nach Pflicht und Recht
　Muß helfen Dir die Allmacht,
　Weil Dich des Satans Hallpracht
Und Mummenschanz zum Klägling abgeschwächt.

　　Nein! wenn die Jansenisten unterlagen
Den Jesuiten einst nach langem Kampf,
Erliegen diese nun, in unsern Tagen,
Dem Geist im Drahtbrief und im Bahnen=Dampf:
Dem Gott= und Menschengeist, — dem Geist der Zeiten,
Dem göttlicheinig, nimmerdar entzweiten,
Unter der eignen Teufel Hufgestampf.

　　　　　*　*

　　Das dankbare Italien, es sendet
Was selbst es höchst verabscheut und verflucht
Nach Posen, hört es! was die Menschheit schändet:
Lainezens Brut; es sucht,
Sich selber reinigend, des Pestes Beule,
Der Zwietracht brüdermörderische Keule,
Zum Dank Euch zuzuschleudern — wie verrucht!

　　Und wir, die guten Schaafe von den Hirten
Unendlich gut, hören die Paters an,
　Beherbergen, bewirthen
Die kühnen Uebertüncher noch vom Wahn.
　Ein Volk verdient, wie oftmal schon der Mahnruf,
　Wozu es selber sich die Bahn schuf.
O! denkt daran.

Ja nur ein Volk, das sich zu helfen suchte,
Sich klug zur Fülle seiner Kraft erhob,
Schien nimmer das verfluchte,
Gleich allen, deren Schuld sie tief in's Elend schob.
  Dem Volk auch bloß wird jetzt noch Gottes Beistand,
Das sich bereits theilweise selber frei wand,
Als göttlich, zu der Menschenwürde Lob.

  War Achilleus benebst Siegfried, dem Riesen
Tödtlich verwundbar doch voreinst,
Sind es, wie schon, Dir Volk! erwiesen,
Die Schleichenden, noch jüngst behaglich eingemainzt.
  Wahrlich viel besser ihren Meuchel=Orden
Durch Aechtung, wie Dir scharf bezeichnet, morden,
Als daß ein Krüppel Du! Dein Glück beweinst.

  Don Lainez Brut gehört, ach! zu den Fesseln
Vom bösen Geist der Menschheit angelegt;
Als Nesseln,
Viel schlimmern Brandes wie die Glut erregt.
  O! Volk! — der Schelme Dich entschlage.
Auf! rage
Vom Alp befreit empor.

  Der Menschheit besserer Theil wird siegen,
Schlägt er auf's Haupt dem Ungeheuer da,
Wo bald, wie's scheint, die letzten Würfel liegen:
In Dir, mein Vaterland! Germania.
  Denn jüngst verjagt im schönsten Süden,
Umstürmen kühn das Land die Nimmermüden,
Wo Rom schon zweimal sich bewältigt sah.

  Wenn Sieger hier, dürft' es von Neuem hoffen
Auf den Verschub von seinem Untergang;
  Jedoch vom Teut zum Drittenmal getroffen,
Ist's aus mit ihm die Ewigkeit entlang,
Wenn noch die Schläge fallen,
Wie einst im Wald und in Wormatiens Hallen
Auf einen Feind, der längst verwirkt den Strang.

10

Nachdrücklichst müssen wir erklären,
Die alte Kirch', noch leidlich unverfälscht,
Streng' trennen wir von jener reich an Zähren,
Durch Scheiterhaufen, Gift und Dolch verwelscht;
Zumal von jener, durch Sanct Ignaz Orden,
Jetzt seiner nur im Morden,
Völlig verspanischt und verbelg'scht.

Den Orden baten jüngst die Prager
Dort fortzugeh'n. Wozu die Höflichkeit?!
Kerbthierchen oder Ratten, die Zernager
Und Jesuit entweichen da nicht weit.
Kein Schimpf macht Lainez Söhne je verlegen.
Nichts übrigt als sie gründlich wegzufegen;
Vom Ungeziefer es allein befreit.

Wie haltlos Stoff, worin die saubern hausen,
Bewies in wenig Tagen Oesterreich,
Durch seinen Sturz voll Grausen;
Wer ihn mit ansah, wurde starr und bleich.
Völker abtödten können Lainez Gifte,
Erheben nicht zum Ruhm vom deutschen Ordensstifte.
Gleich Ben'del sänk' ein Fritz im Bonsen-Teich.

Neu-Ostreich, Oestreich, Oesterreich, — o!
Verwandle Dich in noch weit schönern Laut,
Ganz ferne jenem morschen Klosterreich, wo
Deren zwei Tausende, daß jeder Seele graut.
Bevor von andern Häutungen wir sprechen,
Werde an Deinen Milch- und Honig-Bächen,
Noch irgend sonst — Keins mehr erschaut.

Der Preußen Sieg, es ist der neuern Kirche,
Der neuern Kenntniß und Erkenntniß Sieg
Ueber den Glauben jenseit der Gebirge,
Der zu des Papstthums Teufeln niederstieg,
Den Jesuiten. Hört's! verflucht bleibt aber
Des Brudermordes Schmied, der Einheit Untergraber,
Ob in Paris, Berlin, in Wien er lieg';

Verflucht, war seine Absicht keine reine,
Verflucht, wenn sie der Eigennuß erzog,
Die Hoffnung nicht, durch Theilung bis zum Maine
Die Einheit, die der alte Bund uns log,
Wieder allmählig herzustellen endlich:
Das Gut, um das Selbst-Schuld und Arglist schändlich
Germanien betrog.

* *

Ferney! mit Deiner Lauben trautem Schweigen,
Einst Voltair's Tusculum,
Dem Orden nun zu eigen!
Des Ordens Eigenthum!
Am ärgsten Feind, o! welche stolze Rache;
Sie rufen höhnend ihm: Freigeist, erwache!
Und sieh' Dich bei uns um.

*

Aus Duldung auch die Jesuiten dulden,
Wie Fritz der Große und jetzt auch Preußens neu Ruth',
Heißt sich an dem Verbot verschulden:
„Hegt Schlechte nie." — Ha! warum bangt dem Muth,
Der das verlacht, vor den Gemeinden, welche
Man frei nennt, wenn in der Schaafe Bälge
Er sträflich schützt des Glücks Verwüster Brut?!

Zwar wie Fenris, der Wolf der Fritschjofsage,
Welcher dereinst die Welt verschlingen soll,
Durch Odin stirbt, so siegt des Volkes Klage
Durch jenen Geist, der Gottes Geist entquoll,
Den reinen menschlichen, höchst schönen.
Der ruft den fluchbeladnen Söhnen:
An's Sterben denkt! Ihr, gleich Carthäusern toll.

10*

Betrügende Waaren=Verkäufer,
Die legen obenhin das Beste meist.

   So legt, im Widerspiel zum Mennoniten Täufer,
Auch Lainez oben d'rauf was werthvoll heißt;
Zum Beispiel gleich die Taufe,
Als unaufschiebar zum gen Himmel Laufe;
Weil rasch der Tod ein Kind hinweg oft reißt;

    Doch was des Säuglings geistige Entfaltung
Und die Gesundheit seiner Seele heischt,
Da sorgt er nur für Mißgestaltung
Und wird Hyäne, die zerfleischt,
Zwar im Gewand der Milde,
Während die wilde
Nicht täuscht.

*

    Wie käme Roh denn, ohne Geldes Fülle
Aus tausend Orten wiederum nach Mainz?!
   Unter der zarten Hülle
Lammfrommen Scheins
Liegt Unterstützung seines reichen Ordens
Und Gunst der Großen für die Kunst des Mordens
Am Kopf des Volks, dereinst doch frei wie kein's.

    Wär' geldlos Roh, dann schien er wahrlich
Ein Zaubrer Merling ganz,
Wie wir ihn schon gemalt Euch, der beharrlich
Den Rang abläuft mit Glanz
Dem ewgen Juden;
   Vor ihm im Mond und Weltausstellungsbuden
Des wortkarg, gleich dem Sultan, kranken Manns.

Die Jesuiten, Laineze gescholten,
Sind nicht die ältesten der Pfaffen zwar;
Sittengesetze aber sie entrollten,
Schlauer, als je ersann der Hölle Zaar.

    Schmolles darum sie miteinander soffen;
Auf sie gestützt, ruht nun sein Hoffen,
So riesig, als der Urwelt Dromedar.

    Sobald der Pesthauch dieses grausen Ordens
Vertilgt ist von dem Erdenrund,
Mindert sich Missethat sammt Gräu'l des Mordens,
Gewinnt der Staaten Sittlichkeit an Grund,
Jene zumal der Staatenlenker;
    Seltner wohl Bismarks dann der lautern Mittel Henker;
Denn bis zum Pol' haucht Pest des Ordens Mund.

Wie nach der Seelenwand'rungslehr' der gräßlichste Verbrecher
Doch seine große Missethatenlast
Allmählig sühnt, leert er den Wermuthbecher
Der Strafen, zahllos — jede ewig fast —
In tausendfältigen Gestalten;
    Auch so erwandelt Lainez einst der Gnade Walten:
Entlaß aus seines untern Bruders Eichel-Mast.

    Ob aber die Gefilde
Urreiner Geister je
Sein Aug' erschau', verneint, troß Gottes Milde,
Der Schauder doch vor allem Weh',
Das Lainez teuflisch ersonnen,
Troß seiner mit den Nonnen
Vollzognen Eh'.

*

Wer gerne Gräul' und Ränke
Der schwarzen Nachtscheusale noch vernimmt,
Der schenke
Dem folgenden Bericht — Gehör. Er stimmt
Dann ein in Voltair's mehrerwähnte Klage:
„Die Brut verbleibt der Menschheit schlimmste Plage"
Und flucht dem, Der sie hegt, anstatt ob ihr ergrimmt.

Ein Samenkern genügt schon um allmählig
Zu übergrünen aller Länder Flur;
So wirkt, zwar gegensätzlich höchstunselig,
Auf Tausende das Gift von Einer . . . .
Und ihr verwandt, Ein Lojolite
Auf Wohlstand und die sittlichen Gebiete
Zahlreicher Völker, wie's Oestreich widerfuhr.

Dem Le Jay, [105] Plänkler erst der Eindringlinge,
Dem folgten Tausende gemach,
Bis dieser Schlange Ringe
Böhmen zumal gepreßt, bei Weh und Ach!
So lange bis ein Drittel seiner Säfte
Zufloß Don Lainez heiligem Geschäfte;
Gleichwie der Aaar Goldmost dem Kloster Laach.

Schandsäulen, die gehören Euch errichtet,
Dir Bayerns fünftem Wilhem, erstem May
Und Oestreichs zweitem Ferdinand! Vernichtet
Habt Ihr (Irione an des Römlings Achs')
Den Segen freiern Geists in Euern Staaten
Und solche frisch besaamt mit Saaten,
Die selbst verschmäht der klausnerische Dachs.

Die Folge ließ nicht lange auf sich warten:
Das Unkraut schoß hervor, Giftschierling meist,
Klöster, wie Pilze bald in Lainez Garten!
Umgriffe allerwärts in seinem Geist;
Doch schleichend,
So wie die Kröte laichend
Den Sumpf umkreist.

Nein, unzurechnungsfähig seid Ihr Drei ja
Gesammt dem spätern Ignli; denn gleich Wachs
Bringt uns des Bildners Hand der Schönheit Weih' nah
Und auch den Formen gräßlichen Geschmacks.
    Lainez erzog Euch schlau zu Unzutheuern,
Die Protestanten bei Euch wegzuscheuern.
    Wien büßt es mit dem Glück des Bettelsacks.

    Früh oder später ward in Bayern, Kärnthen,
Krain, Ungarn, Böhmen, Schlesien, Steiermark
Veranstaltet die schrecklichste der Ernten;
Der Zwietrachtstifter Mährer waren stark.
    Rad, Kerker, Galgen dienten statt der Sense,
Vertilgungssucht, die kannte keine Gränze
Bis 's Ketzerthum erlag Don Lainez Hark'.

    So dünken uns die Geistes Unterdrücker,
Mit Recht, als unser schlimmster Feind.
    Der schleichend' aber kühne Ueberbrücker
Jedweden Grabens zu den Schlössern — eint
Geschmeidigkeit und List, um zu bethören.
    Die Reste fürstlicher Vernunft zerstören
Die Schelme ganz; darob manch' Volk geweint.

    Rudolph, der zweite, schlaffer, nicht gerechter,
Als vorbenannte Geistgeknechtete,
Frech jeder Tugend schändlicher Verächter,
Um Wollust mit Asiaten rechtete.
    Gleich lüstern Türken hielt er sich ein Harem;
Der Orden pflegte diesen Fehl an wahrem
Glauben, der nie die Tugend ächtete,

    Rudolph, ganz ihrer bar, die uns zu Menschen stempelt,
Ein willig Werkzeug in der Schelme Hand,
Sah'n beide sich noch herrlicher umtempelt:
Der Kaiser und die Wölf' im Lammgewand.
    Der neuen Lehr' wahnsinniger Vertilger:
Verbannte Rudolph sie. — Beraubte Pilger
Zu tausenden, floh'n bis zur Nordsee Strand!

Ohne der Jesuiten Hegung könnte
Jetzt Bayern sein, was jüngst Bismarck erschuf.
    Kein Braver wäre da, der es mißgönnte,
Kein Unrath sichtbar, wie am Pferdehuf
Des wendischen Mephisto.
    Was unrein ist, irgend dem Mist wo
Liegt näher als dem sittlichsten Beruf.

Unsittlich, — höchst gefährlich bleibt's, ein Volk zertheilen,
Wie Bismarck hinterlistig es gethan.
    Ein Blick braucht nur in alter Zeit zu weilen,
Dann scheint es, ach! kein Wahn.
    Das Reich der Juden, Römer und Califen
Mag leider schon als wahr den Satz verbriefen;
Der Reiche nicht gedenk zahlloser Tamerlan.

    Wiedervereinigung gelingt nur schwer,
Eher dem Volk noch als dem Fürstenheer.

*

    Da Böhmen schön als protestantisch blühte,
Stand dessen Bildung wohl so hoch denn je.
    Glück wiegte sich in seines Volks Gemüthe.
Bald trübte sich der spiegelglatte See;
Denn ihm entstiegen Lainez Nachtgestalten,
Entvölk'rung im Gefolg und grauses Walten
Und namenloses Weh.

    Auch Wiens Hochschule unterlag Rückgängen,
Als Max den Protestanten sie entrang,
Die Leitung dann, nach seines Herzens Drängen,
Den Jesuiten zugespielt — auf lang'!
    Eigen! bei jeglichem Erschlich von Kirch' und Schulen
Mußten die frommen Väter liegend Gut erbuhlen
Sammt baarem Klang.

Fast halbenttäuscht schien Max dies selbst zu fühlen
Am Schlusse seiner fluchdurchfurchten Bahn:
   Die schwach verhüllte Raubgier abzufühlen,
Rief er: „So nehmt's nur unverzögert an!
   „Gönner, die findet Ihr auch fürder,
„Doch nimmer Güter-Ueberbürder
„Wie Maximilian."

   Klarer Don Lainez' Truggeweb erkennend
Als Jesuit noch Saul,
Vom Orden sich abtrennend,
Ward Reihing ganz dem Lutherthum ein Paul:
   Zu Tübingen des reinern Geistes Lehrer,
Fand er daselbst weit edlere Verehrer
Als bei den Massen einst, — im Denken faul.

   Sogar Triest, wo nur katholische Gesänge,
Dem Fürsten-Wüthrich widerstand es lang',
Bevor in seiner Mauern Enge
Es Ignaz' Orden aufnahm, ahnungsbang':
   Er werde Fülle Haders nur erzeugen.
Nie konnt' auch Ferdinand die Stadt so beugen
Der Brut genüber, wie's ihm sonst gelang.

   Wie stets berüchtigt Lainez' Jünger waren
Und jedem Land und Orden sehr verhaßt,
Das kann gar bald erfahren,
Wer Eichstädts Domkapitels Einspruch faßt;
   Des Sinn's: Der Bischof hafte noch im Sarge
Für alles zu gewärtigende Arge
Der Sendlinge vom abgründlichen Gast.

   O! les't doch Kaiser Josephs Briefe,
Des trefflichen, der sie zu gut durchschaut.
   Säh' er was hier geschrieben steht, er riefe:
„Alles ist wahr! mir graut
„Vor dem noch Uebrigen. Auch kürzten
„Mein Leben sie durch Gift und stürzten
„Mein Oestreich — nun des Unterganges Braut."

Ohn' ihre protestantentilgende Schandthaten,
Zumal im Süden unsres Vaterlands,
Glichen des Mainzer Bischofs Geistessaaten:
Sein jüngstes Buch der armen Nulle ganz,
Anstatt, daß vor dem Druck schon zehentausend,
Der Hefte, festbestellt, weit lärmten, 's Volk umsausend
In München, Wien, Luzern auch, Schwyz und Stanz.

*

Wie schien das Bühnenhännschen, ach! dem Frommen,
Ein Gegenstand des Aergers oder Grolls;
Deshalb ward ihm das Leben bald genommen,
Nicht wie dem Huß auf hochumflammtem Holz:
Es wurde bloß verboten
Auf den Betrieb des Feinds der heitern Rothen;
Marie, dem Scherze gram, nun zwiefach auf ihn stolz!

*

Ja, Winde gibt es eine Masse
Vom Zephir bis zum Boreas.
Wer da, der die Empfindungen all' fasse
Von Liebe bis zum Haß?!
So gibt es edle Priester auch in Menge,
Voll Sittenstrenge
Und schwärzere als Satanas:

Schon manchen Glaubenswüther trieb Anfeurung
Verruchter Pfaffen bis zum Mord.
Ein Franziskaner nebst Lainez' Betheurung
Vollzog ihn an Oranïen sofort,
Durch Gerhard, dessen Zweifel sie geheilet,
Nachdem im Voraus sie den Ablaß ihm ertheilet
Sammt Abendmahl an gottgeweihtem Ort.

Der Räuber auch in den Abruzzen
Empfing ja Beides oftmal schon Voraus,
Blies er im Hinterhalt mit seinem Stutzen
Das Leben einem Pilger aus.
    Und war es gar, wie's sich erfand ein Ketzer,
Ermuthigte der gottvergeßne Schwätzer
Bei jeder Beicht' zu neuem Graus.

    Wie mancher Sünder stürzt sich auf die seichte
Gefälschte Sittenlehr' aus Lainez seinem Rath!
    Der Jesuit enthebt ihn in der Beichte
Durch Kirchenbuß und Fleh'n der Missethat.
    Erleichtert schreitet weiter
    Bald auf des Frevels Leiter,
Der zagend sie betrat.

    Als Wütherich der vierzehnte am Sterben,
Befreiten Jesuiten in Bizanz,
Auf dessen Buhl und Beichtigers Bewerben,
Einen Verbrecher, um im Gesandten=Glanz
Den eiteln König noch zu narren.
    Don Lainez' Teufel helfen gern am Karren
Jedweden Gaukelspiels auf Alass [106] Mummenschanz.

    Auch Frankreichs Heinriche, der Dritt' und Vierte,
Sanken durch Mönche [107], die Lainez' gehetzt,
Vorzeitig in die Gräber, als Verirrte,
Zu Sanct Denis prunkvoll beigesetzt.
    Doch selbst des tollsten Widerrufs [108] Urheber
War dieser Orden; — wie so manchen Flores Weber,
Noch jetzt!

    Auch Fenelons heimtückischer Verfolger,
Erwies, bis auf Joseph, Lainez sich Kaisern hold.
    Der schändlichen Vergifter und Erdolcher
Höchstobersten genügt, wann er nicht grollt,
Das Rauben und Verdummen
Bis zu dem Glück der Tauben und der Stummen;
    Doch wißt, es blitzt bevor der Donner rollt.

Auch dort in Portugal, da war Genosse
Der Lejolite Malagrida Don Aveiros
An dem Versuch des Königmords; die Posse,
Sie schloß
Jedoch für diesen — mit Hinrichtung.
    Ha! sie verdienen all' die grause Sichtung:
Zerrissen durch vier Roß'!

    Tyll', Ferdinand, Max, Wallenstein erzogen
Von Lainez, überragten Alba fast.
    Um welch' ein Glück ward, ach! die Welt betrogen,
Durch dieser Knechte fünf vom finstern Gast;
    Verkümmerten was Luther,
Trotz Romas unbefleckter Gottesmutter,
Den Völkern bot, als mindre Geistesbast!

    Wie Rab und Geier bald heißhungrig krächzen,
Da, wo Leichname liegen nach der Schlacht
Und Sterbende noch ächzen,
Folgten im Kriege, den sie angefacht,
Laineze stets den Heeren.
    Kroaten noch im Morden zu belehren,
Sie manchen Ketzer selber umgebracht.

    Als Oelniz fiel, durch Ferdinands Scheusale,
Nahm Lainez' Brut am Blutbad selber Theil.
    Gott sah La Mournay mit dem Stahle
Dem Mord obliegen zu der Kirche Heil:
Voran den Ungeheuern,
Statt ihrer Wuth zu steuern
Und allem Gräu'l.

    Der Jesuit erstach mit eignen Händen
Drei Geistliche der neuen Lehr' und gab
Für's schrecklichste Entsenden
Der Kinder in das Grab
Einem Kroat' zugleich den Ablaß aller Sünden,
Um laut ihm zu verkünden,
Wie sich am Mord der wahre Gott erlab'.

So schwer das unterdrückte Gute wiege,
Wie schwer erst weg der Gräu'l uns aufbewahrt
Im Zeitenbuch, ob Wallensteines Kriege
Und Tyllß, des Paares reif zur Höllenfahrt.
    Wie schwer selbst Ferdinands Schandthaten
Vom Lojolit': Lamormain angerathen,
Beichvater, dieses Nero frommer Art.

*

Daß aus Tridents Versammlung nichts geworden,
Als eine Mißgeburt vom reinsten Guß,
Verdankt die Menschheit einzig nur dem Orden,
Zumal dem Lainez und Canisius.
    Die Schmeichler, aber heimlichen Verlacher
Habsburger Kaiser und der Wittelsbacher
Entzogen sie dem Geist des zweiten Huß.

    Die neue Lehre, durch Europas Süden
Schon weit verbreitet bis nach Portugal,
Für die in Deutschland alle Gauen glühten,
Verbrachten stark sie wiederum zum Fall;
Erschlichen die Belehrung in den Schulen;
    Wer die recht treibt, kann mit dem Teufel buhlen
Im Unheil stiften auf dem Erdenball.

    Da scheint der menschliche Verstand erfunden
Nur um sich einzuprägen das Verkehrteste,
Und um sich zu bekunden
Als der entehrteste;
    Selbst dem der Thiere gegenüber
Weit trüber;
Ob zwar im Unsinn der gelehrteste.

— 158 —

Germanien, das Herz Europas
Theilte den Pulsschlag leicht den Völkern mit;
   Was als verschollen, gottlos oder roh das
Bezeichnete — Zerfall weithin erlitt.
   Daher schon früh Roms Drang, es geistig stark zu knuten
Bis seines tiefern Denkens Gluten
Nur glimmten, wie's erneut versucht der Jesuit.

*

Des Haders müde
Vertrugen Katholik und Protestanten sich.
   „Frisch Zwietracht angeschürt in Teuts Gemüthe!"
Sann Papst, sann Spaniens Fürst, nachts düster fürchterlich.
   Da boten Lojoliten, als ergebne Knechte,
Gleich Beiden vom unmenschlichsten Geschlechte,
Ihr Wirken an, das bald der Tücke glich.

   Was dennoch seelisch hoch empor gelobert,
Unsanfter ward's zerstört;
   Was in der Menschenbrust nie modert,
Was nimmer uns bethört,
Kein deutscher Pfaffe konnte fälschen,
Tilgten die welschen
Durch Gräu'l, die selbst den Luzifer empört.

   Spanische Priester nannte man die Schaaren
Der Jesuiten im Beginne bloß,
Weil es allmeist nur Spanier waren,
Gewandt im Meuchelstoß;
Ganz unbeschadet hier der Italiener:
Vergifter, Gliedzerdehner,
Gemeinsam vor dem Scheiterhaufen groß!

Wie Preußens Fritz, so fehlte schon der zweite
Max — obwohl doch klüger als der erste — sehr,
Schurken zu dulden, stand auch wach zur Seite
Stets der Beschränkung Heer.
    Dem Teufel nicht den kleinsten Vorschub leisten,
Der Grundsatz überragt die meisten
Schätze der Weisheit, schön, doch minder hehr.

O! daß Zeus' Donner dort vor Pampeluna
Des Ordens-Stifters Herz nicht traf;
    Artemis, auch Dian' genannt und Luna
Beklagt's weit mehr, als daß der Graf
Blinds Schuß von sich abwehrte.
    Wer durch Dreitheilung 's Vaterland entehrte,
Scheint gegen Lainez' Wölfe noch ein Schaaf.

    Doch hätte sich der Junker auch erhoben
Ueber des Königs zu Germaniens Heil,
    Des Lootsen Segeltuch, von Schändlichkeit durchwoben,
War längst in Jesuiten-Buben feil.
    Wer sich nur angenährt den Ungeheuern,
Von Dem — kein Hardenberg und Stein — wird nie der
                                    Ruhm betheuern:
    Er klomm nach Höh'n, noch göttlicher als steil.

*

    Günstig war die Gelegenheit vorzüglich
Jetzt zu des Ordens Machtvergrößerung.
    Benützt ward sie sehr klüglich;
Ganz harmlos schien's, wie junger Katzen Sprung
Oder der kleinen Kinder Spiele,
Sonder bestimmte Ziele,
Ganz frei von jeglicher Ereiferung.

Canisius
Der spitzte
Zum Katechismus
(Nach Art, wie stets der Teufel witzte,)
Die Gift durchdrungne Feder,
Bis unvermerkt tief in der Brust Geäder,
Das Wörtchen Haß am Schluß:

  Im Buche stand das ganz alleine
Nur seligmachende Rom wieder da.
  Der Welsche seine
Darin uns zu entzwei'n ein Mittel sah
Und seinen Orden, bei des Kampfes Ringen,
Zur höchsten Macht empor zu schwingen;
Wie's leider auch geschah.

  Das andre Mittel bot der Hader
Der Calvinisten und Luthraner noch;
  Aus dem Salbader
Zog Rom das Holz zum neuen Joch
Der fast Befreiten,
Nun wiederum gefeiten
Und minder selig als Gott Bachus doch.

  Die neue Lehre ward durch ehrne Bande
Zum Sumpf, der jeden Wogenschlag verwarf.
  Der Zank erhöhte noch die Schande.
Den Unfug rügten Jesuiten scharf
Und wie die Rom einst vorgeworfnen Fehler
Nunmehr des Lutherthums Blaumähler:
— Da griffen Tausende zur alten prunken Larv'.

  Der äußre Feind, der uns den innern bloßstellt,
Bleibt anerkennenswerth,
Wenn er sich selber groß hält
Am eignen Herd.
  Aber verdammt Scheusale,
Die, aus des Abgrunds grauenvollstem Thale,
Des Meuchlers Dolch vertautschten mit dem Schwert.

Nicht desto minder hatten unsre Pfaffen
Berquarkt,
Was Luther zum Fortbilden gut geschaffen
Und haben um Buchstaben dumm gemarkt, [100]
Statt sich nur an den Geist zu halten,
Den ewig frischen, nimmer lahmen, kalten;
Weil er nur so zum herrlichsten erstarkt.

Schlich fünfzehnhundert vierzig schon der erste
Lainez umher in Worms, damal so reich! so frei!
Als nur zu oft des Kaisers Schatz der leerste;
Trägt hoffentlich das Denkmal dazu bei,
Daß bald der Jesuiten Höllenschätze
Und schlechter Sittenlehre Sätze
Sammt ihnen auf dem Mist ein — faules Ei.

Wer recht erwogen
Hier den Bericht,
Fühlt dankvoll sich zum Standbild hingezogen,
Erlosch ihm völlig nicht
Des Geistes Leuchte
Und eine feuchte
Perle der Freude verklärt sein Angesicht.

* * *

Statt aller von des Lichtes neuern Streitern,
Laßt hier erscheinen noch Hieronymi:
Bemüht das Reich des Denkens zu erweitern
Und der Vernunft; während stets Rom: „Entflieh'!
„Wie Rebenblüt' voraus, — der Traube
„Auch so zuerst der Glaube!"
Grolldonnernd ihm entgegenschrie.

11

Gleich David mit der sieggekrönten Schleuder,
Stand siegreich da der weithin kleinre Mann,
So oft der große, rein, als Zeitvergeuder,
Ein andres feines Geisteswerk ersann,
Den Strom der Zeit zum Sumpf zurück zu drängen.
Was doch, wenn alle Helfershelfer rängen,·
Der Jesuit, [119] der Sterbling nimmer kann.

    Im Vortheil war bedeutend auch der klein're:
Er stritt für keinen fluchbelad'nen Bund.
    Zum schwächern wird da selbst der stärkre, fein're,
Bei schiefem Stand, trotz Peters Fels' im Mund.
    Entscheiden wird da nicht die Körpergröße,
Der klein're schleud're oder gebe Stöße:
Der große sinkt, getödtet oder wund.

    Jedoch der klein're Kämpe mußt' nothwendig
Geistig der größre sein, schon aus dem Grund,
Weil er im Kampf ja Sieger war beständig
Und seine Kost verdaulich und gesund:
Die geistliche, für vorgeschrittne Zeiten.
    Wer solchen dient, das wird kein Roß bestreiten,
Gibt höhern Geistes beßre Einsicht kund.

*

    Nacht herrschte noch vollauf; dem süßen Schlafe
Erlag der Menschheit jugendlicher Theil;
    Der ältre, minder, ach! sein Sclave,
Sucht oftmal da beim wachen Träumen Heil:
    So brach, im Bett, ein Mann der ältern Sorte
Dem neusten Goliath an der Himmelspforte
Vollends den Stab: Der Tadler dachte — „Weil

„Drei [111] unsichtbare Knappen meist dem großen
„Helfend zur Seite fochten, bleibt der Sieg
„Des Gegners um so rühmlicher. — Franzosen,
„Lebhafter schon als Michel in der Wieg',
„Erhöben längst den Helden stolz und riefen:
„„Der hieb drei Kerle, die der Höll' entliefen
„„Und den, der mit dem Zeitgeist liegt im Krieg."

    „Der letzte mahnt an jene Prachtwindmühle,
„Mit deren Flügeln sich ein Ritter maß,
„Der heute noch der Spanier Gefühle
„Entzückt, wie uns des jüngsten Herbstes Glas.
„Von ihm berauscht, wir nimmer doch bekämpsten
„Den selbst des Nordbunds [112] Bismarks nimmer dämpften:
„Den Polyphem, der stets die Schlucker fraß.

    „Es ist des Volks unbändiger Genosse,
„Der große Geist, der seine Zeit bewegt.
„Matt prallen an ihm ab der Nacht Geschosse
„Und Lilliputer; [113] zwar bisweilen regt,
„Dem Anschein nach, sich wenig nur der Recke
„Bis er, auffahrend, plötzlich die zu kecke
„Bedrängerin der Völker niederschlägt;

    „Doch räumt er auf weit friedlicher gewöhnlich,
„Wirft Stück nach Stück zum Fenster sacht' hinaus,
„Was neuerem Geschmacke zu verhöhnlich
„Und was dem Aug' des Volk's ein wahrer Graus.
„Bald oder langsam scheint demnach beim Plunder
„Des Dunkelmannes und der alten Wunder
„Unseliger Verkehrtheit Tod zu Haus.

    „Keiner Vermummung glückte je Verkehrtes
„Schlank darzustellen, wann es völlig krumm.
„Athens Sophist, Roms Jesuit bewährt es
„Und Wupperthals sanft muckerndes Gesumm'.
„Nur wo Vernunft und Wahrheit auf der Fahne,
„Nicht Lug, der selbst mit fort sich reißt zum Wahne,
„Spuckt Göthes Mühlrad [114] nicht im Kopf herum.

11*

„Das Fluttab mahnt nochmal an das der Winde
„Und neben solchem an Tobosas Stolz:
„Des Ritters Liebchen in des Hirnes Rinde,
„Voll Narren=Liebelei und Narren=Grolls.
    „Auf, auf! Entfleucht Ihr bunten Traumgedanken!
„Es tagt! Die Hühner schon im Stalle zanken:
„Roms Nacht abholde, froh des Sonnen=Golds." —

                              *

    Der Tabler dann vom Lager auferstanden,
Fand Schatten noch, wie vor dem Schöpfungstag.
    Nicht denen gram, die ihn dem Bett entwandten,
Hielt er's mit Lords — ein eigner Menschenschlag! —
Die gern sehr früh schon vor dem Schauspiel kommen:
    Bevor der erste Dämmerschein entglommen,
Umgab ihn seines Parkes Blütenhaag.

    Der lag am Fuße malerischer Alpen,
Woran sich Sturm, Gewölk und Donner bricht.
    Die Priester, welche Kronenräuber salben,
Einimpfen ihnen die Genüsse nicht,
Die nur der Mensch in Hochgebirgen findet,
Wenn er mit schönerm Glück den Sinn verbindet
Für düstre Gründe und der Höhen Licht.

                              *

    Hannsjürgli [115] gähnt und gähnt. Die Spätzli murren.
Er dreht sich um, schläft wieder ein und schnarcht.
    Er hört den großen Schäferhund nicht knurren,
Der nebenan den Lärmen ihm verargt.
    Er träumt vom Süppli, das die Ahne [116] morgens
Ihm kocht aus Liebe: — die Läuterung des Sorgens,
Das Alles sonst in's karge Ich versargt.

Hannsjürgli dehnt sich wach. Die Gänse schnattern,
Wie vormals auf dem Capitolium.
  Venus senkt noch der Blicke letzten mattern
Herab aus ihrem Sternen-Heiligthum.
  Der Mond verbleicht. Es röthen sich die Wolken.
Die Sennerin holt schon hervor die Molken,
Für Gäste, die bald schwärmen um und um. —

  Der Alpen höchste Gipfel schmückt des Zwielicht's
Ganz unnachahmlich rascher Farbentausch.
  Das Weidvieh auf den höhern Matten, wie bricht's
In's Blöcken aus, den lauten Freudenrausch.
  Der Thäler Nebel lichten sich allmählig.
Des Elfchens Lied, so leis, so geisterselig,
Lispelt: „Erwache doch und schau' und lausch!

  Das Elfchen saß vor einer wonnetrunk'nen,
Im Traum entzückten wunderschönen Maid.
  Aus ihrem ganz in Seligkeit versunknen
Heiligen Busen klang leise der Bescheid:
  „Mein trautes Elfchen! glaube, Nichts entgeht mir;
„Der Liebe Geist, Dein Bruder, weht mir
„Veilchen darüber noch und Brautgeschmeid.

  „Gar laß mich schweigen von Verschönerungen
„Die noch der Liebe Spiegel möglich sind,
„Wann, von des nahen Tages Lust umklungen,
„Glück schon 's Gemüth erfüllt, mein süßes Kind!
  „Nun mäuschenstill! nur lauschen und nur schauen!
„Doch komm' nochmal, wann sie mich weih'n und trauen;
„Jetzt, still! o, sieh'! des Tages Triumph beginnt.“

*

Die Sonne quoll hervor mit ihren Strahlen,
Noch stark verborgen in dem Wust der Nacht.
    Des Dunkels und des Lichtes Kampf zu malen,
So schön als da, hat Rottmann[117] nie vollbracht.
    Der Frühlingslüfte feenhafte Klänge
Bedünken holder Engel Lobgesänge,
Wie sie kein Dichter lieblicher gedacht.

    Bildhauer meißeln keine Felsenmassen,
Gleich diesen hier und wär' es Phidias;
    Großartiger Gestein als Hofgoldschmiede fassen!
Wie prunk der Schlucht Basalt! wie steil und eng der Paß!
    Siehst Du die Gemse oben?
Hörst Du den Sturzbach toben?
Er schwur dem Abgrund — Haß.

    Des Alphorns namenloser Laute-Zauber
Ward in der Nähe von ihm überrauscht.
    Der nahen Zweige Blatt- und Blütberauber
Weiß nichts vom Glücke, das beseligt lauscht,
Mahnt jener Töne Schmelz an Pans Urflöte
Und allzugleich an Hafis Lied in Göthe,
Der jene kaum für Bethoven vertauscht.

    Des Horns Verklingen, fern im Widerhalle,
Der Bergesfrühe tausendfacher Reiz,
    Des Gischtes Silberblick[118] am Wasserfalle
Versetzt nach Voralberg, Tyrol und Schweiz
Und in der Basken horsche Pyrenäen,
Dort hoch die Gottheit näher zu erspähen,
So reich im Uebermaß, als arm der Geiz.

    Hahn-Hahn im Dorf umjubelt sie durch Krähen.
Wie hehr glänzt nun die Morgendämmerung!
    Der Bauer eilt zu pflügen und zu säen.
Die ganze Landschaft kommt in regen Schwung.
    Der Wald frohlockt; die Woge tos't vor Wonnen.
Aus hohen Mauern hallt Gesang der Nonnen.
Wehmuth mischt sich in die Vergeistigung.

*

Des Glaubens Kraft vermag nicht zu besiegen
Was ganz das Wesen eines Weibs erfüllt.
    Möcht' auch ihr Geist den Himmel nur erfliegen,
Nicht stockt die Flut, die tief im Busen quillt,
In jede Ader sich ergießt und Frieden
Nur zuläßt in dem Mutterglück hienieden,
Das ihr des Klosters Täuschungen enthüllt.

    Der edlern Mütter innere Juwelen[119]
Verdunkeln die der Nonnen ohne Halt.
    Verblich'ne Schätze, kranker armer Seelen
Lassen des Wunder-Drahts Jahrhundert kalt.
    Das Mitleid wirft, abseiten vom Verhöhnen,
Noch einen Blick auf die vorkomm'nen Schönen,
In eines Lainez finsteren Gewalt.

    Selbst angst- und kummervoll durchwachte Nächte
Beim Säugling, den ein früher Tod verklärt,
Entsprechen mehr dem zärteren Geschlechte,
Das noch im höchsten Schmerze Gott verehrt,
Als klösterliche nächtliche Gesänge,
Kniebeugungen, Bußübungen in Menge,
Worin sich strenger Klöster Zucht bewährt.

    Erbaut ward jenes neu, in schöner Lage.
Durch Büsche blickt es uns romantisch an;
    Doch nie stillt Aeußeres der Seele Klage,
Die Lust nur schätzt das Zierliche daran.
    Trotz aller Frömmigkeit und Demuth
Versinkt ein ödes Frauenherz in Wehmuth,
Sogar beim Abendmahl ihr unterthan.

    Um äußern Prunk mag die sich nicht bekümmern,
In der ein Weh den Lebenskeim zernagt.
Dem Wohngebäude feind, verweilt ihr Geist bei Trümmern,
Aus denen leis ein sterbend Heimchen klagt.
    Verfallner Burgen Ruh', Gräber zerstörter Klöster
Erhöben öfter wohl, wo möglich, noch getröst'ter
Ein Herz, dem bloß noch Flor und Tod behagt.

Weder der Kerzen Schimmer in der Kirche
Der frommen Stiftung, noch der Sonne Strahl;
Weder der Glanz der Eis- und Schneegebirge,
Noch 's lichte Grün des nahen Walds im Thal,
Hellt ein Gemüth, das, milder süßer Eh'glut
Entschlagen, sich verzehrt in unbewußter Wehmuth,
Ja, — Gott genießend — selbst beim Wonne-Mahl.

Sie klagt die Männer an, die stärkern Geister
Und darum auch verantwortlich allein.
Sie klagt sie nur verhohlen an, wir dreister:
Jeder Verführten gränzenlosen Pein,
Gleichviel nach Klöstern oder Freudenhäusern;
Fluch treffe die, die sie des Glücks entäussern,
Weib in dem schönsten Sinn des Worts zu sein;

Ja, Fluch! jedwedem schlechten Vorschubleister
Zur Wahl des klösterlichen Brautgewands;
Wie fehlt arglistig gleißnerisch umkreis'ter
Befangner Maid die Kraft des Widerstands;
Die Reue, die gewaltsam unterdrückte,
Der schärfste Dolch, der je das Herz zerstückte,
Steht bloß noch Heil im Leichenkranz.

Es schwindet ihr dahin das schöne Dasein,
Gleich einem seichten Born.
Gewahren kann sie nicht das Nahsein
Um Gottes Thron in der Aebtissin Zorn,
Noch in der Schwestern abgemessnen Liebe,
Der fahlen Blume hingewelkter Triebe.
Vernähme sie doch — Huons [110] Horn!

Ausnahmen bietet jegliches Verhältniß,
Zwar Eine Schwalbe bringt uns nicht den Lenz.
Enthielte je des offnen Grabs Behältniß
Ein Nonnen-Paar, dicht an des Glückes Gränz',
Entfrevelt's nicht den Gründer neuer Klöster!
Bei Lucifers Minister selbst verstößt er
Gegen das Bißchen Licht, genehm — der Excellenz.

Ganz klösterfinster will sie nicht die Erde,
So hell noch, um in der Verdüsterung
Ergötzen sich zu können, wie der Ruf: „Es werde,
Es werde Licht!" nie komm' in vollen Schwung;
Sondern verlacht, als Puschwerk sich verkehre,
Zu Lainez' unterweltlich größern Ehre,
Durch Gottes Schöpfungs=Wort Bemeisterung.

*

Schon kleiner Mädchen schwärmerischem Sinne
Gab Flimmer öfter klösterlichen Hang.
Empor gesproßt zum holden Spiel der Minne,
Vergreift sich leicht der blinden Sehnsucht Drang.
Husch! sind sie da, des Erdenglücks Verderber,
Die schlausten aller Werber,
Mit Honigseim — zum Fang.

Auch ganz dem heiligen Beruf ergeben
Und abgewendet von der äussern Welt,
Wird Ein Mal doch der Nonne Geist durchbeben,
Was deren Abgeschiedenheit vergellt:
Sie sieht an eines Weibes Busen
Das Jesu=Kind, den ihren leer, sie sieht Medusen! [181]
Und in der todten Hand, was sie besaß — ihr Geld.

Schon manche reiche Bäurin [182] ward geködert,
Schon manch' empfindsam' Mädchen in der Stadt.
Sobald der Blick zur Heirath sich verödert,
Da findet schleichend schon Verlockung statt:
Das Bündniß mit dem Himmel zu erkiesen,
Erhabner doch als Windeln zu begießen
Und als der Brust Erhabenheit durch — Watt'.

*

.... Längst reuvoll schlief die Braut, die schlau verlockte
Und als die Aebtin ihr das schmucke Haar
Abschneiden wollt', entsprang die ganz verstockte,
Durch's selten offne Thor, selbst mit Gefahr.
    Von einem Karn entlud man Hülsenfrüchte.
In Mombach da vernehmet die Gerüchte.
Fang, Haft und Flucht wird dort Euch offenbar.

*

Zurück! zum hohen Denkmal, wo kein Trauern
Sich einmischt in den heiligen Gesang.
    Umschlossen nicht von hohen düstern Mauern,
Frei ragt's empor, ein Zeugniß von dem Drang
Nach lichtern Höhen, als den sieben Hügeln;
    Die Hasser Galileï's nimmer zügeln
Den Geisterflug, die Sternenwelt entlang.

    Selbst Allen, die in künftig schönen Tagen
Hier, vor dem Standbild fühlen, daß ihr Geist
Stets rüstig blieb zum Licht empor zu ragen,
Künd' das gehobene Bewußtsein dreist:
    „Auf uns bezieht sich auch was wir da schauen,
Als die Beruf'nen, weiter auszubauen
Die Kirche, die vor Gott sich ächt erweis't."

    Kein Fürst läßt jetzt dieselbe sich verbieten
Und Bußen auferlegen, einst so hart,
Bis zu der Demuth Abgrund sie geriethen
Wie's schon an Theodosius [173] vollzogen ward.
    Aus fremdem Joch und dann dem Pfuhl der Sünden
Ringt sich die Zukunft, wie es Zeichen künden;
D'rum Lob und Preis dem Licht der Gegenwart!

Wenn der genannte Kaiser, Frevels wegen,
Unwürdig sich erachtete
Die Kirche zu betreten, zeigt's den Segen
Des Christenthums; doch das umnachtete
Sah nur zubald in frecher Priester Händen
Und Scheiterhaufen-Bränden
Ein Loos, worin's verschmachtete.

Fortbilden kann sich jetzt des Volkes Letzter;
Der Mittel manichfaltige sind da.
Erscheint er auch vom Glück ein arg Verletzter,
Bleibt ihm auch Hemmniß, Noth und Laster nah,
Losringen kann er leichter sich denn ehmals,
Im regern Schwung jetzt unsres Lust= und Wehthals,
Erforschen mehr als sonst ein König ja.

*

Wie, als der Deutschen Brudermord noch tollte,
Italien entwunden sich dem Teut',
Verheißen auch weissagende Herolde
Des Vaterland's Entfess'lung ungescheut
Von Romas Joch; denn Deutschlands Geist ist stärker
Als welsche Kraft; zwar vom umwölkten Erker
Der Sterblichen erschau'n wir nur das Heut'.

Ach! beide Völker haben viel zu sühnen:
Die Römlinge umzingelten, durch List,
Im Thal des Glaubens den doch geistes=kühnen
Urkräftigen German seit langer Frist
Und dieser hielt sie nieder mit den Waffen,
Zwar trügen nicht die Sterne, so verschaffen
Sich endlich Beide — was ihr Wohl vermißt.

Was sich im Geiste Garibaldis spiegelt'
Und in Mazzinis freistaatlichem Geist,
Des schönen Welschlands Hoffnungen besiegelt,
Daß es dereinst entfesselt sich erweist   .
Von in und äußerm Druck und dem der Pfaffen
Um allgemach zum Glück sich aufzuraffen,
Wo Dalwichts nimmer möglich, nur — ein Beust.

    Dann liegt in Rom der Nachtscheusale Höhle,
Der Jesuiten, hört es! liegt zerstört.
    Traun! die mißbraucht der Kirche Wein und Oele,
Die stets, wenn nicht gemordet, doch bethört,
Und die Teut's Geistes Keule schon getroffen,
Die stürzt Europa vollends in die schroffen
Abgründe, wo die Teufel sonder Hoffen,
Gott bannt, die vormaleinsten sich empört.

Schluß.

Eh Welsch- und Deutschland sich der Haft entschlage
Und fest mich banne jene in der Gruft,
Schweif' ich noch gerne, gleich der Harfe Klage,
Nach fernen Höhen, in des Südens Duft;
    Doch immer zieht es wieder mich zum Rheine,
Zur Vaterstadt. Kaum dort, ich traurig scheine,
    Ob ihrer Kleinheit, — ihrer Größe — Kluft.

    Wie blieb dagegen Augsburg wohl erhalten!
Ein jeder Stein vom alten Glanze zeugt;
Doch Worms erlag Mordbrennern grausem Schalten.
    Daß Ludwig eine Königin gebeugt,
Wird dort am Lech dem Blicke sich enthüllen:
„So Worms voreinst!" wird dich mit Weh erfüllen.
    Dein Führer staunt: Er sieht dein Auge feucht.

    Welch' hoher Eindruck wohl, als noch das alte
Ehrwürdige Wormatia sich erhob
Und Festgeläut' im Lenze wiederhallte
Von allen Thürmen zu der Gottheit Lob.
    Wer spät auf Mörstadts Höhen schaut' und lauschte,
Den wohl der Reichsstadt Anblick dann berauschte,
    Mit Bildern, die der Himmel um ihn wob:

    Das Auge glaubte Heilige zu schauen
Und mitteninn' Marias holden Sohn;
    Das Herz bestärkte sich im Gottvertrauen;
Das Ohr vernahm der Engel Lieder schon.
    Die Seele fühlte weniger die Bande,
Um sie gelegt bis an des Grabes Rande.
    Der Sorge träge Nachhut zog davon.

Doch über Hellas lichter Himmelsbläue
Schauten die Heiden auch Kronïons Saal,
Nicht minder schön an Allem was erfreue. —
Selbst herrlicher war ihrer Götter Strahl
Als jener um der Heiligen Gesichter.
Herakles, Du! des Ungetbiers Vernichter,
Scheuchst alle weg, so maßlos ihre Zahl.

Nur was der Geist dem Christenthum verliehen,
Bewältigte die Pracht der Götterwelt.
Im Mittelalter früh ihn überschienen
Der Pfaffen Stimmen, bis nur ödes Feld
Den Sterblichen verblieb, als er entwichen,
Statt eines Edens milden Himmelsstrichen
Mit klarem unumwölktem Sternenzelt.

Päpste sogar, als Richter, müßten sprechen:
„Heiden= und Papstthum hielten sich die Wag'."
Ach! nur zu bald umdüsterten die frechen
Verdunkeler des Heilands milden Tag.
Rühmt nicht des Glaubens Flug im Mittelalter,
Nachfalter schuf er bloß und Nachtentfalter
Der Gottheit nicht, dem Höllner — ein Ertrag.

O! sagt da nicht: „Weltanschauungen wechseln
Das Christenthum, erst jugendlich entglüht,
Wußte die Puppen nach Bedarf zu drechseln."
Ob lebensfroh die Zeit, ob altersmüd',
Fast Räthsel bleibt die schreckliche Verirrung
Beim Blendwerk selbst verwirrender Umschwirrung
Der Spuck= und Fledermäus' in Nord und Süd.

*

Verschlangen 's liegend' Gut die Pfarrer und die Klöster,
Floß noch das Drittel alles Gelds zum Papst,
Zur Hofhaltung dies schrecklichen der Tröster
Und alles deß', woran Du jetzt Dich labst,
Wenn Du in Rom anstaunst alle Schätze
So riesenhaft als manche Glaubenssätze,
Daß Du Großmoguls Pracht ein Rübchen schabst.

      Menschenverstand besaßen doch die Völker,
Blieb ihnen auch noch alle Bildung fremd;
      Wenn dennoch ihres Erbenglücks Umwölker
Sie nur im Blick zum Himmel nicht gehemmt,
Dünkt's, gleich der Wandlung stark, ja, scharf erwogen,
Fast unbegreiflich, wenn, ganz ausgesogen,
Sie nicht mit Kolben — Vampyre gekämmt.

      Wie scheint erst dermal es ganz unbegreiflich,
Wenn über Jesus Lehre, schlicht und klar,
So vielerlei Gelahrtheit, arg umschweiflich,
Hochschülern zuströmt, als das ächte: „Wahr".
      Aus Wien, Berlin, Zür'ch, Heidelberg, Bonn, München
Ließe das Weltall sich mit übertünchen,
Ganz dunkel, — tritt hinzu e i n römisch Seminar.

.

*   *   *

      Was die Verdummung selbst an Protestanten
Fertig zu bringen noch vermag,
Zeigen die ganz geläufig oft genannten
Gläubigen Worte, Tag für Tag:
      „Denn Gott ist alles möglich."[124]
Beim „N e i n!" verblüfft, verwundern sie sich höchlich.
Wahr! beim Verneinen rührt sie fast der Schlag.

„Nicht ungescheh'n kann Gott Gescheh'nes
machen,
Nichts thun, was seiner Würde nicht entspricht."
Sieht man sie da, man könnte weiblich lachen,
So stark verzerrt der Einwurf ihr Gesicht.
Allmählig nimmt es an die alten Falten
Und sucht hinweg zu läugnen sein Verhalten,
Durch Lächeln, dem es nicht an Pfiff gebricht.

Bedünken möcht' es uns beinah zuweilen:
Sie modern lieber in des Geistes Sumpf,
Als sie die Höh'n erklimmen, die zwar steilen,
Doch herrlichen, allwo die Luft nicht dumpf.
Im Denken faul, ja dumm in höhern Dingen,
Gewandt, die niedern listig zu vollbringen,
Vermumien sie der alten Kirche Rumpf.

*

Sinnbildlich aufgefaßt, klingt oft vernünftig
Was streng genommen baarer Unsinn scheint.
Bevor die Mucker noch geworden zünftig,
Sinnbildlich ward da Vieles nur gemeint.
In ihrem Heucheln und Sichselbstverdummen,
Der Wahl gerader Wege, nein! der krummen,
Erstand dem bessern Geist ein neuer Feind.

So zeigt denn auch bei näherem Besprechen,
Dreifaltigkeit sammt Christihimmelfahrt
An Muckerköpfen ganz dieselben Schwächen:
Verlegenheiten, nahverwandter Art.
Entstellt zum Zerrbild oft die Haft abscheulich,
Vernunft! Dein heilig Antlitz selbst — wie gräulich!
Hielt' Dich des Geistes Kerker stets verwahrt.

*

So wird kein Jung, wie schon gesagt, in tausend Jahren lernen
Wie Kirchenwunder zu erklären sind.
    Nußknacker mögen Mandeln bald entkernen,
Zu Mehl zermahlt das Korn die Mühl' im Wind;
    Vergebens mahlt die Mühl' im Kopf am Wunder,
Es macht nur dummer, statt der Weisheit kunder.
    O! Kurz= und Drahtschrift hilf dem Menschenkind.

    Wohl Jahre lang genießen Bauernkinder
Schulunterricht.
    Des jugendlichen Kopfes Bindumwinder
Auf Bibelstellen legt er nur Gewicht
Und auf die unverdaulichsten Begriffe.
    Unwissenheit, Lug, Eigennutz und Kniffe,
Erfolge sind's vom eingegossnen Licht.

    Das Lernen mancher Bibelstelle fügt noch
Dem Wunderunterricht viel Schlimmes bei.
    Anstöße, Widerspruch darinnen rügt doch,
Sogar verdummt, des Volkes Sinn recht frei.
    Fände die Geistlichkeit sich ganz enthoben
Derlei Belehrungen, sie sollt' es loben,
Statt auszubrechen in der Wuth Geschrei.

    Wenn Priester selbst den festesten besäßen
Des Glaubens all' deß, was kein Mensch begreift;
Sie sollten es nicht lehren, weil im Wesen
Der Inhalt immerhin an Unsinn streift,
Tief eingeprägter Unsinn uns verdümmert
Und arg dadurch die goldne Frucht verkümmert,
Die in des Heilands Paradies uns reift.

    Sind Judenkinder andern überlegen,
Der Grund die Abkunft nie und nimmer war.
    Gebt ihnen Wunder zu verdau'n — zuwegen
Bringt Ihr bei solchen auch der Dummheit Schaar.
    Vorausbestimmungs Glaube, — diese Speise
Führt's Türkenreich zum Untergang ganz leise;
    Geistabtödtung wirkt hier auch offenbar.

Wenn einem schwachen Kind man Edelsteine
Auflüde, zentnerschwer, daß es erläg',
Ihm gliche fast an Mißgeschick der Kleine,
Dem es beständig schwindelt auf dem Steg'
Der Unbegreiflichkeiten hin zum Glauben.
    Warum Thierquälerei am Kind erlauben?!
Was brachte Ueberbürdung je zuweg'?

    Verkrüppelung des Körpers oder Geistes,
Des Unglücks Fülle —: Trüben Siechthum's Loos,
Beim einzeln Menschen, doch bei Völkern — dreiftes
Hinunterstumpfen in der Dummheit Schoos,
Wo Laster, Wahn, Verbrechen sich umharmen;
Denn böse Geister zogen, ohn' Erbarmen,
Voll Lust ein sittlich Ungeheuer groß.

    Auch unbedacht vollführen es die mildern,
Die nicht ihr Wirken in Erwägung zieh'n
Oder des Brodes wegen vor den Bildern
Des rügenden Gewissens scheu entflieh'n:
    Mattherzig, halbe Teufel, sind es schlechte,
Dagegen jene, ha! — des Meisters ächte,
Die, glanzumstrahlt, in Gotteshallen knie'n.

    Wie scheint durch sie das Christenthum verworren!
Der ihm abholde Kaiser Julian
Es wieder zu vertilgen, durch Verdorren,
Aus Liebe zu den Göttinnen und Pan,
Ergriff des Mythra-Dienstes [185] Sonnenbrände.
    Würf' er sie jetzt den Schwarzen in die Lende,
Bräche des Heilands Geist sich wieder Bahn:

    Der Geist der allgemeinen Bruderliebe,
Der Selbstentäuß'rung völlig reiner Geist,
Als Halt im nun so regen Weltgetriebe,
Wo Jeder sonst um's eigne Ich nur kreis't.
    Hader und Kriege würden fremde Worte;
Gottseligkeit bit' an des Friedens Pforte
Genüsse hehr, wie kein Seraph sie preis't.

Die Mennoniten haben keine Pfaffen,
„Vergießt kein Blut!" ihr heiligstes Gebot.
	Wäre durchweg der Welttheil so beschaffen,
Entschwände manche Seel' und Körpernoth.
	Nur müßten Wissenschaft, Vernunft und Künste,
— Mit oder ohne Glanz und Weihrauchdünste —
Darstellen Gott im licht'sten Morgenroth.

	Durchdränge ganz des Heilands Geist die Staaten,
Gäb's weder Noth noch Uebervölkerung.
	Beschränkt Ein Mal Euch Priester im Berathen
Auf Fürsten bloß; bringt sie recht fromm in Schwung!
	Das Volk wird sich von selbst zurecht dann finden,
Sich heben, statt dem Vaterland entwinden
Zu Tausenden, meist aus Verzweifelung.

	Hätte nicht unser Volk sehr gute Seiten,
Kein Wunder, wenn's das schlecht'ste wär'.
	Im Frieden fleißig, tapfer auch im Streiten,
Fehlt nur ein einheitlich unjunkerliches Heer
Und Freiheit allzumal, damit es werde
Das erste Volk der Erde,
Fürwahr! gediegen wie kein Zweites mehr.

*   *

	Gült, Adel, Standesherrn und Roms Vasallen
Sind noch des Mittelalters Trümmerrest.
	Sie stürzen vor der Neuzeit lichten Hallen
Beim ersten Sturm — aus West;
	Es sei denn, daß allmählig sie entweichen,
Unebenbürtig unsern alten Eichen,
Galläpfel kaum auf dero Prachtgeäst'!

Längst sind die scharfen Kanten abgebrochen
Von jenen Trümmermauern, längst so wank!
    Oft scheint der Geist darin vom Tod umkrochen,
Dann stärkt ihn wieder ein Lojola=Trank.
    Im großen Ganzen sind wir vorgeschritten;
Stets feiner werden Dolche, Gift und Sitten
Bis ganz des Luges Ungethüm versank.

    Unwissenheit, im höchsten Grad', wie solche
Bei Kaisern, Volk und Königen sich fand,
Ward in der Pfaffen Meuchelfaust zum Dolche
Für Neu=Europas christlichen Verstand;
Doch nur durch jenen Eigennutz der Großen,
Die dort dem Schwarzen riefen: „Zugestoßen!"
Bis der sie selber knebelte und band.

    So wirkte, durch des Mittelalters Länge,
Des Bösen Fluch weit über's vierte Glied.
    Des Wilden Kopf erweist sich minder enge
Als jener Tage geistiges Gebiet.
    Beschränkte Menschen halten um so starrer
An ihrem Hang, Beichtvater oder Pfarrer;
Das zeigt, wohin vor Luther man gerieth.

*   *

    Rechtgläubig schien die Zeit, sie war nur finster:
Den plumpen Dienst verdarb ein plumper Wahn.
    Den dumpfen Wald verdarb das Schilf, der Ginster;
Den Edelhirsch, Fasan und Auerhahn
Der Wolf und Aar; so litt das Schaugepränge,
Des Hochamts Schwung, der Nonnen Lobgesänge
Durch Mord und Laster, mitten inn' und an.

Urtheilte man, mit Recht, nach äußerm Glanze,
Wie überböte 's Heidenthum uns sehr!
An Ziergeräthe, bis zur bunten Franze,
Fehlt es dem noch verstockten nimmermehr.
Der Dome Kuppel weicht der Piramide,
Wie dem Cherusker Schlachtgesang: dem Liede
Der wilden Freiheit unser Stutzer=Heer.

Und dennoch wünscht kein Mensch den Geist zurücke
Des Heid= und Päpstethums, so graß', als roh.
Es war ja nur die lange Zeitenbrücke
Zur Gegenwart, der schönern Bildung froh.
Ermangelt auch noch Manges zur Vollendung,
Die Rückkehr hin zum Alten wäre Schändung
Des Menschengeistes hohen Gottes Leh!

Anlehnen an das Alte halten Viele
Verzeihlicher, in ihres Adels Stolz.
Der Ahnen Thaten, hin nach hohem Ziele,
Ihr Meisterschuß mit ihres Geistes Bolz
Oder belobte Siege, beim Turniere,
Sinken im Enkel bis zur leeren Ziere:
Dem alten Stammbaum fehlt das frische Holz.

Des ältesten die Dalberge sich rühmten.
Sie fehlten bei der Kaiser=Krönung nie.
Des großen Corsen Wünsche kaum verblümten:
Bei seiner Enkel Krönung sei'n auch sie.
Das waren vormaleinsten wackre Degen,
Schon bei des Heiland's Kreuzigung zugegen.
Lustwandler! deren Ahnenburg besieh!

Sie liegt unfern Wormatiens hohen Zinnen,
Zum Schloß nun umgewandelt, dessen Park
Die Fernsicht bietet, den erfreuten Sinnen,
Zum Melibokus, in der Katten Mark;
Doch außerhalb des Schlosses, auf den Hügeln,
Beut frei're Aussicht noch den Geistes Flügeln
Vollends Entfess'lung von der Erde Quark.

Herrnsheim, dem Ort, wo früh Dalberge haus'ten,
Ein Anhalt an der Eisenbahn entging;
Weil seine Klugen in der Stunde knaus'ten,
In welcher Alles an der Frage hing:
   Ob künftig sie in wenigen Sekunden
Zur Stadt hinführen, in den Kranz gewunden
Des Weltverkehrs, durch dessen Schienenring.

   Neuhausen, Dörflein kaum, liegt auf der Strecke
Vom Ort zur Stadt. Verklungne Sage pries:
   Carol der Große, Deutschlands starker Recke,
Hier eine stolze Pfalz erbauen ließ.
   's Beilager hielt er hier mit der Fastrade,
Schön, wie die Liebesgöttin nach dem Bade.
Pfalz Ingelheim sich nie so stolz erwies.

   Vom kleinen Dorf aus wird ein Riese sichtbar:
Es ist der wohlerhaltne Lutherbaum.
   Bleibt manches fromme Mährchen auch erdichtbar,
Die Wahrheit weht hinweg der Lüge Schaum; —
   Ja, wäre selbst der Baum erdacht, die Worte
Die Luther sprach, sind wahr, bei Gott! dem Horte,
Dem unbegriffnen über Zeit und Raum.

*

   Wormatien! so nahen wir uns wieder
Dem Weichbild, welches Deinen Grund umschließt,
Umdüftet von der Weltgeschichte Flieder,
In dessen Taumeldunst die Luft ergießt
   Was sie von Lilien Balsam und der Rosen
Aufbieten kann, uns lieblich zu umkosen
Bis Bild an Bild dem trunk'nen Sinn entsprießt.

Anlagen um die Stadt verzieren solche,
Nach Art des Gartens um Aschaffenburg
Und droben auch der Elstern Klau'n, als Strolche,
Singvögeln hier, den schönen Mai hindurch,
Verscheucht die Mörder bald der Büchse Knallen
Und uns entzückt das Lied der Nachtigallen,
Wie's that die Lerch' im Aufflug aus der Furch'.

Das Aeußere der Stadt, auf beiden Flanken,
Erglänzt, bei Nacht, in einem Flammen-Meer.
Vom Luginsland belauscht der Glut Gedanken!
Am Thor gen Mainz nicht minder licht und hehr:
Viel' Tausende von Lampen der Gewerke
Umblinken Euch; doch jede wahre Stärke
Beruhe auf des freien Geist's Gewähr.

Der Kern [186] der Stadt bewahrt die höh're Blüte:
Kunstwerke, recht der Stolz vom gold'nen Strom;
Das ältre ging hervor aus dem Gemüthe,
Als der erhabne gotterfüllte Dom;
Das neue, mehr des Geistes Schöpfung, bahnt uns
Den Weg zur eignen Forschung und gemahnt uns
An Hermann, der uns auch befreit von Rom.

Scheiterte die Wahl vom aller schönsten Platze
An dem Verkennen eignen Vortheils bloß,
Verblieb zunächst der Stelle zum Ersatze
Der Raum doch, als geschichtlicher so groß:
Das Stadthaus, längst als solches klar erwiesen,
Da, wo der kühnste der Geistes Riesen
Dem Ungethüm versetzt den Todes Stoß.

Spielt auch unheimlich ein beklagenswerthes
Geheimniß seine Rolle bei der Wahl
Der Denkmalstelle, fern des großen Herdes,
Von wo der Wahrheit Wetterstrahl
Den Trug zerschlug; wir werfen das zur Klage
Ueber den Frevel vom Geheim-Vertrage
Mit einem Orden aus des Unheils Thal.

Dreifaltigkeit, in neuer eigner Weise,
Trieb auch dabei geheimnißvolles Spiel;
Drei sind sonst Eins, hier sind es Zwei; doch leise:
Des Dunkels bliebe Fremden hier zu viel.
Indeß der Geist des Denkmals wird obsiegen,
Sollt' es sogar am wüsten Anger liegen,
Allwo ein Heuchler-Scheusal niederfiel.

In Nebendingen lassen wir den Schlechten
Den Vortheil, den die Hinterlist gewährt.
Sie kennen nicht die Freude des Gerechten,
Sie wissen nicht was schändet und was ehrt. —
Das Denkmal ragt empor im Gau der Wonnen;
Die lichten Höhen hat sein Geist gewonnen,
Der zur Vernunft die Thoren noch bekehrt.

*

Das Denkmal scheint auch Vorbild der Bestrebung
Im neuern Völkerleben, voller Drang,
Nimmer in dumpfer, sinnloser Ergebung,
Gleich Sträflingen, an einem ehrnen Strang,
Zusammenschmiedungen fortan zu dulden
Mit andern Völkern. — Wird zu Prunk und Schulden
Des morschen Rom beisteuern Teut noch lang'?

Wie Vieles ließe überdies sich folgern
Aus Worm's Glanz, — **Brand!** und Luthers Kraft-Gestalt?!
Von Völkerglückes scheuslichen Erdolchern
Bis zu der Kämpfe geistigem Gehalt?
Der oftmal Helden schon empor getragen,
Kühn Alles für des Volkes Heil zu wagen.
Stoff-Fülle Jedem, der zum Standbild wallt!

Des Stoff's fürwahr! so viel, wie selten Städte
Darbieten in der Zeiten großem Bild.
Eh' Gott vernommen christliche Gebete,
Als noch so manche Gegend öd' und wild,
Da fand der Mensch bereits, ob auch noch Heide,
Hier manche der Gesittung schön're Freude,
Wie sie vorab dem Christenthum entquillt.

Das Heidenthum, theilweis voll Freiheits Funken,
Schürte für Bürger, nicht für Menschen, — sie.
Athen selbst blieb zur Blütezeit [127] versunken
Im Sclavenmarkt und schämte deß' sich nie.
Der Liebe Keim, der Sproß zur Menschen-Gleichheit,
Erfordert jene Milde, jene Weichheit
Wie nur des Heilands Boden sie verlieh.

Urebelster der Delitsch-Lassallianer,
Gab er sich hin zum Wohl der ganzen Welt.
Am Staaten- wie am Seelen-Freiheitbahner
Erhab'nen Riff der Knechtung Flott' zerschellt.
Sie ist's bereits im Geist der Völker, wenn auch
Der vollen Freiheit Stürme stärkster Trenn-Hauch
Gebannt noch liegt vom Tajo bis zum Belt.

Das Alles zeigt im Spiegelbild die Stätte,
Wohin, von Gott gesandt, einst Luther kam,
Des Heilands Wort, trotz Prunkt's der Weihnacht-Mette;
Empor zu tragen aus Sanct Tetzels Kram.
Ja, ja! die Stadt des holden Wonnegaues
Sie offenbart ein namhaft Stück des Baues
Der Weltgeschichte, Stein an Stein, -- meist Gram.

Hier wird das wahre Christenthum gefeiert,
Ob auch vielleicht im nächsten Jahr,
Zu Rom, von allen Bischöfen umschleiert,
Bis es den neuen Lehrsatz kühn gebar,
Gleich dem der Unbeflecktheit — oder
Ein Wunder von noch zeitgemäßerm Moder,
Ist nur den Lainez' jetzt schon offenbar.

So schließt der kleine Kreis von Worms den großen
Von zwei Jahrtausenden der Welt in sich,
Zumal des Geist's den Asien verstoßen,
Europa kaum gepflegt stiefmütterlich.
  Des kleinern Welttheils Bühne blieb erhalten
Zum Tummelplatz der nächtigen Gestalten,
Im Bild von Worms, oft groß, oft fürchterlich.

Gleichwie der Türke pilgert ein Mal im Leben
Nach Mohammedens Grab,
Mag es sich künftighin ergeben,
Daß wer da gern erfaßt den Wanderstab,
Bemüht sein wird hierher zu wallen,
Dem höhern Schönheitsinne zum Gefallen;
Damit er sich am Dom und Rietschels Werk erlab'.

Ganz unwillkürlich mag ihn dann ergreifen
Der tiefe Sinn, der in dem Denkmal liegt
Und mehr ihm frommen als des Leichtsinns Schweifen
Des jungen Franzmanns, der sich hastig wiegt
In seines Mekka tausendfachen Wonnen,
An denen sich die feinsten Blumen sonnen,
Um die jedoch sehr oft ein giftig Räubchen kriecht.

Ein einziges erhabnes Bild erschauen,
Statt vieler, die vereint ein unermeßner Saal,
Kann mehr als sämmtliche den Geist erbauen;
Vermag es allzumal
Geläutert ihn empor zu tragen
Nach unsres Daseins allerhöchsten Fragen,
Gar leicht verflacht in Frankreich's schönem Saal.

--

*

Was kann wohl höher steh'n als zu den Orten
Gezählt zu werden auf dem Erdenrund,
Allwo in Thaten und in hohen Worten
Sich gab ein Theil der Weltgeschichte kund?
Vorab der Sieg des besseren Erkennens
Und des unendlich schwer errung'nen Trennens
Der Mitternacht vom Licht mit Gott im Bund.

So zeigt auch Worms des Menschengeist's Urkunde
Vom steten Fortschritt bis zur holden Zeit
Wo sich vernarbt des Sündenfalles Wunde;
Noch immer offen durch der Rohheit Streit.
　　Wer heute schon sich rühmt der höchsten Schätze,
Den widerlegen jetzt des Denkens Sätze
Mit meisterhafter Leichtigkeit.

　　Darum bedünkt kein Glaube unbefugter
Als der aus Rom, wenn er sich stellt voran:
　　Auf hohem Burgthurm, ein vom Mond umlugter,
Steht dort der Kranke bei dem Knappen — Wahn.
　　Trotz Sternenglanzes in des Abend's Dunkel,
Gewahrt er nicht das göttliche Gefunkel.
　　Blind, geistesstarr blinkt nichts aus ihm hinan.

　　Wer selbst sich lobt, dem glaubt es nur der Dumme.
Auch das allein nur selig machende
Bekenntniß Roms erscheint bloß als die Summe
Des Erdenglück's, — das selig lachende —
Wenn es dafür auch andere erkennen
Und solchen Glück's Genoß zu sein entbrennen.
　　Einst naht das Seligkeit anfachende.

　　Von solchen Glaubens Schönheit wonnetrunken,
Umarmen sich die Völker dann
Und findet sich das Vorurtheil versunken,
Das selbst noch fortbesteht beim klügern Mann:
　　Sein Glaube sei der einzig unfehlbare,
Der vor des Abgrunds Qualen uns bewahre,
Wie's auch der Päpste Schlauheit längst ersann;

　　Doch bis zum Tag der lichten Bildung Stufe
Verlaufen noch Jahrhunderte mit Streit.
　　Nicht desto minder sei dem hohen Rufe
Wormatiens der Platz darin geweiht,
Der ihm gebührt, ob seiner stolzen Sendung
Dem Geist zu geben jene beßre Wendung,
Durch Luthers großes Wort voll Herrlichkeit.

So schließt der kleine Kreis der Stadt den großen
Auch künftiger Jahrtausend' in sich ein.
    Der Boden ist's der dornenvollen Rosen,
Der Wahrheit Boden, die verjüngt sich rein
Hier wieder aus der Gottheit Schoos gerungen.
    Darum sei kühn Wormatïen besungen,
Als ein vor Gott kostbarer Edelstein.

Lückenbüßer.

Deutscher Wunsch.

Zemberis! Frühlingsbote der heidnischen Preußen, erscheine
Doch den christlichen jetzt; zaub're den Frühling herbei.

*

„Allgemach aus Dämmerung und Nacht."

Seht! das slavische[te] Preußen erstreckte weit sich bis Riga
An der Dünna hinauf, weit an der Weichsel zugleich;
Südwärts reichte das Land fernhin auch, mächtigen Umfangs,
Bis sich Gothen mit Wucht niedergelassen umher.
Da erklangen am Meer Ragnar Lodrogs und Starkodders
Thaten und Siege.
Dies war die zum Germanenthume begonnene Läut'rung,
Bis die zweite sodann deutschen Rittern gelang.
Endlich, da wird in dritter Entpuppung, zum Heile des
Welttheils,
Preußen erwünscht aufgeh'n ganz in Germaniens Pracht.

*

Dann sind die Zeiten erfüllt, in welchen das christliche Preußen
Seine Benennung verwirft, als nicht germanisch — so falsch!

*　　*

An die Völker.

Motto:

Wenn Ihr vereint ſtets Frieden wollt,
Als dann kein Schlachtendonner rollt,
Kein Morden tollt
Und hold
Blinkt immer Euch des Heiles Gold.
Europa ſcheint ja reif genug
Zu der Geſittung hohem Flug.
Dicht ſteht es an der Grenze
Der Völkerlenze;
Doch, ach! zugleich
Vor jener Bahn
Zu allen Schreckniſſen aus Kains Reich,
Wogegen im Vergleich:
Mild der Hyäne Zahn.

Wann alle Völker ſich verbunden
Im Schwure: Freiheit oder Tod!
Vernarben auch der Menſchheit Wunden
Und dämmert auf im Morgenroth
Der Weltgeſchichte lichter Tag,
Auf dem die Nacht der Zeiten lag.

D'rum heilige Begeiſterung!
Du Schwungkraft unſrer Stärke,
Hinan! hinan!
Zum Heiligthum,
Zur Feier der Verbrüderung
Und feſt geſchloſſnen Einigung
Der Völker.

Nur freie Völker nicht bekriegen
Einander ſich aus Eigennutz;
In ſchönern Spielen obzuſiegen,
Ein Bund fortan zu Schutz und Trutz:
Stets kampfbereit, voll Heldenmuth',
Vor Unterdrückern auf der Hut.

D'rum heilige Begeiſterung! u. ſ. w.

Da blühet wiederum der Garten,
Der's erste Menschenpaar beglückt:
    So schwingt, o! Brüder die Standarten
Der Freiheit und die Schwerter zückt!
    Hört Ihr bereits das Feldgeschrei
Aus allen Höh'n? — „Die Welt sei frei!"

    D'rum heilige Begeisterung! u. s. w.

Erläuterungen.

1 Im October 1866.

2 Sehr schön im Ganzen, bleibt doch der Art. 15 der Marke-bronner Ausstich (so heißt einer der theuersten Weine), nämlich: „Wer in einer Druckschrift ꝛc. das Haupt eines auswärtigen Staates beleidigt ꝛc., wird mit Gefängniß bis zu ¼ oder Corrections-Haus bis zu 1 Jahr bestraft". Völlig uneingeschränkt, gilt es demnach auch zu Gunsten der Unan-tastbarkeit des von Menschenschädeln umgebenen Negerkönigs in Abomy!

3 Der Papst, im Conclave.

4 In der morgl. Kirche, bei welcher die Russen, gilt der heilige Geist, der in Bizanz so viele Opfer veranlaßte (z. B. einmal 30,000), nicht als ein selbstständiger Gottestheil.

5 In Ostindien wird dies Wort der dortigen Dreifaltigkeit nur geheim ausgesprochen und bedeutet: Brahma, Wichnou und Schiwa, oder das All, das Ganze.

6 2. Aufzug, 12. Auftritt.

7 Außer Brama, dem Gott, besteht noch: das Brama, im Sinne: Allerhöchstes, Weltseele.

8 Vorab, durch den Lehrsatz unmittelbarer Unfehlbarkeit des Kirchen-Oberhauptes, mit welchem er schwanger gehe.

9 Unterabtheil der Kelten.

10 Lissabon.

11 Bei Alzei.

12 Uebliche, jedoch unrichtige Benennung für deutsch oder ger-manisch.

13 Ein Küstenfahrzeug.

14 Kriegssteuer oder Brandschatzung.

15 Erst in Soisson 752, dann in Ws. 764.

16 Lesart von Nerthus, nach Tacitus: Mutter Erde.

17 Siehe in Schiller „Der Handschuh." Sowohl das edle Ge-schlecht der Delorges als Delormes galt für ungemein tapfer und kühn.

18 Und allwärts, wo das Concordat nach thatsächlich besteht oder jüngst noch bestand.

[19] z. B. Général, Officier, Lieutenant, Cadet, Canon u. s. w., wie denn, seit Rom uns kirchlich beherrschte, aus dem Latein.: Cardinal, Vicar — Officiant u. s. w.

[20] ...'s Braga. Auf ähnliche Weise entstand $Z\varepsilon\acute{\upsilon}\varsigma$ aus $\varDelta\varepsilon\acute{\upsilon}\varsigma$, nämlich indem das zischende s vor d trat; ds ward z. Die Runenschrift hatte nur 16 Buchstaben und wahrscheinlich für B und P nur ein Zeichen, so wie auch für ch und g. (Buchstabe entstand aus Buche und Stab, man schrieb auf Stäbe der Buche.)

[21] Welche schlechte Bekenntzeichnung jetzt in unserm persönlichen Fürwort, vorab für Kinder, Ungebildete und Nichtdeutsche!

[22] Auf deutsch: Vertrag (mit der Kirche); sogar diese, die heilige, maßte sich an, die nicht minder heilige Sprache zu verunreinigen.

[24] Bergmanns-Ausdruck: Schurfrecht, das Recht zu graben nach Kohlen, Erz u. s. w.

[23a] Trotz Paul. an die Cor. 7. 32, 33.

[24] Sie und Schweden kennt zwar nur die Amsel, nebst J. Lind, Schwedens Nachtigall.

[25] Nach deutscher Aussprache, nicht nach der welschen mit dem S hauch (Aspiration, Spiritus).

[26] Attila.

[27] Eigentlich nur die Italiener; oft wird auch den Franzosen der Name beigelegt, und mit Recht beiden, wenn Wälsch, Welsch durch Umlaute aus Kelt entstand.

[28] Der eigentliche Name von Dante.

[29] Schon die Parsen unterordneten den Gott Ormuzd der grenzenlosen ungeschaffnen Zeit, Zeroene Akerene genannt.

[30] Stofflehre = Materialismus. Geistlehre = Spiritualismus, zu dieser bekannte sich Cartesius, zu jener Moleschott, dessen Buch für das Volk des Düngers erwähnt.

[31] u. [32] Durch seine Jünger, Evang. Marci Kap. 3, V. 15; durch sich selbst Evang. Marci Kap. 5, V. 8—12 und Lukas Kap. 9, V. 42.

[33] Sünder immerhin, wenn auch ein unbewußt unwillkürlicher nach Kap. 19, 33 u. 35 des ersten Buchs der Genesis.

[34] Und Cohen aus Rom. Nach der heiligen Schrift: 2. Buch Moses 21, 16 soll Menschenraub mit Tod bestraft werden. Wer müßte demnach hingerichtet werden? Aehnliche Gelüste, wie die vom Papst vollführten, gab Algeriens Erzbischof unlängst kund. Siehe die Zürcher Freitags-Zeitung vom 22. Mai 1868.

[35] Lainez ist der eigentliche Gründer der Jesuiten.

[36] Laut Schwäb. Merkur No. 97, 23. April 1868 schenkte der König dem Papst einen Ring, 12000 Scudi werth.

[37] Papst Johann XXIII.

[38] Hiervon gab das Einschreiten der Solothurner gegen den bischöfl. Befehl im J. 1866!! ein so rühmliches Zeugniß.

[39] Groß-Inquisitor.

[40] Die Mutter der beiden Grachen.

[41] Portiunkul, auch in Schwalbach gefeiert.

[42] Durch diesen St. Fr. von Asi entstanden die Observanten, Capuziner und Minoriten.

[43] Pagani, Paysans, Bauern.

[44] Paganisme, Heidenthum, Bauernglaube, oder, so zu sagen, einfältiger.

[45] Auch die Diaskalia v. 17. Febr. 1866 besagt Euch das Nähere.

[46] παιδεια, urbanitas, cultura, culture, civilitas, civilisation (civilité), Erziehung, Gesittung sind einseitigere, minder umfassende Begriffe des Guten und Schönen im Menschen.

[47] Im Coran, ein den Menschen versprochener Messias.

[48] Er hat den Keuchhusten.

[49] Herr von E. Ketteler.

[50] Die Worte lauten: „Als Paradies, d. h. Schönheit und Ruhe, Gesundheit und Liebe, Einfalt und Unschuld." Der Wahrhaftige und Gute erwirbt diese Güter am Leichtesten, nebst der höchst möglichen Geistigkeit, soweit ihn seine Anlagen dazu befähigen.

[51] Deutsch: Der Leuchtende.

[52] Urdeutsch, aus dem Isländischen.

[53] v. Ketteler neustes seichtes Buch (trotz aller angestrengten Künstelei, doch ein überaus seichtes): „Die wahren Grundlagen des relig. Friedens" giebt hiervon den schlagendsten Beweis, anderseits aber den der unbegreiflichsten Befangenheit, durch die Sucht: Mohren! Jesuiten!!! weiß waschen zu wollen. Zwar, statt dieser unbegreiflichsten Befangenheit müßte es eigentlich unverschämtesten Frechheit heißen.

[54] Hofprediger Stark in Darmstadt zu Ende des vorigen Jahrhunderts.

[55] Und Paderborn.

[56] Der grausame Caraffa, später Paul IV., ward, wenn auch nicht Jesuit, doch durch des Ordens Einfluß noch sehr in seiner Härte verstärkt.

[57] Trödler.

[58] Am Rhein für das hochdeutsche, aber weniger wohlklingende „närrisch".

⁵⁹ Die Erzbruderschaft des hochheiligen und unbefleckten Herzens Mariä zu Bekehrung der Sünder, errichtet von einem Pfarrer in Paris, zählte schon 1849 87,000 Zweigvereine mit 16 Millionen Mitgliedern und hat deren viele in Mainz und Umgegend.

⁶⁰ Gebräuchlich statt schuf.

⁶¹ Landschaftlich, statt Kissen.

⁶² „Die Schönheiten der kath. Kirche" von H. Himioben 8. Aufl. Seite 385 belehren sehr schön, wie die Bezahlung für die Seelenmesse auszulegen sei, besonders für Dorfgeistliche, die oft reicher sind als der reichste Bauer.

⁶³ Von der Art des Fegfeuers, jedoch so kalt als dieses heiß.

⁶⁴ Lunschen, landschaftlicher Ausdruck am Oberrhein: am Tage schlafen über Gebühr.

⁶⁵ Vielmehr: entwendbar.

⁶⁶ Urdeutsch.

⁶⁷ Im 12. Jahrhundert, dem Zeitalter des heil. Bernhard und seines Gegners Abälard, so wie der nicht minder berühmten Heloise.

⁶⁸ Eigentlich: la ilah', i! Allah: Es ist kein Gott, wenn nicht Gott. Also auch ein die Unterdrücker bestrafender.

⁶⁹ Der Griechen erster und letzter Buchstabe. Hier Anfang und Ende: Bild des nicht begonnenen noch endenden Gottes.

⁷⁰ Einer der noch begabtesten Kanzelredner ꝛc. in Mainz.

⁷¹ David H.

⁷² Calkuttas feuchte Umgegend.

⁷³ Entstanden aus Hugo, einem Anführer, oder aus Eidgenossen; „Ubkenotten", nach schweizerischer Mundart.

⁷⁴ K. Medici, des Königs Karl IX. Mutter.

⁷⁵ Die stark befestigte, durch einen bedeckten Gang mit dem Vatican verbundene Zufluchtstätte der Päpste.

⁷⁶ Alt-Mexikos letzter Kaiser.

⁷⁷ Neu, für Landstreicher, der gern mitnimmt, was nicht sein ist.

⁷⁸ Sergius III., Jahr 897.

⁷⁹ Hegel will den Fetisch-Dienst nicht 'mal dem Heidenthume beigezählt wissen.

⁸⁰ Washington Irving äußert über Ferdinand und Isabella: Books were admitted free of all duty, and more were printed in Spain, at that early period of the art, than in the present literay age. (!) — Sogar die Königin schreibt fehlerhaft.

⁸¹ Siehe Frankf. Journal. Mainz, 8. Dezember 1865.

82 Das wortärmere Höllendeutsch hat bloß für gepeitscht, gezwickt, geprügelt u. s. w. den einen Ausdruck: gemecklenburgt.

82a Nach der nordischen Sage.

83 Nach der indischen Sage.

84 Der Wirthe Schrecken, erhielt Bödeker, wie es hieß, ausnahmsweis, um deren Prellereien leichter kennen zu lernen, einen Paß mit anderm Namen.

85 Medinat Abu, nach diesem Dorf benannte Denkmäler Thebens, in Oberägypten.

86 Im Jahr 1710.

87 Les Cent-gardes, die 100 Mann aus der Garde gezogene Leibwache Napoleons III.; bekanntlich wird in Cent-garde (so heißt auch einer allein) de nicht ausgesprochen und Cent wie San.

88 In Trier?

89 Vorname des Jesuiten-Stifters.

90 Steno- und Telegraphie.

91 Telegramm.

92 Jesuitischer Schriftsteller.

93 Am Mittelrhein, für aufgefunden, aufgetrieben.

94 Dies Schleichgift ließ, der Sage nach, die Zeit seiner Wirkung, je nach der Gabe, genau berechnen. . . . eitel nahm davon, betheuerte dann, ein Engel habe ihm seinen Sterbetag verkündet. Er gab ihn an und hoffte dadurch unter die Heiligen versetzt zu werden.

95 Während des Gottreichs oder vielmehr Priesterstaates.

96 „Katolos" heißt allgemein. Hier in dem Sinn: allumfassend.

97 Siehe die Flugschrift: „Bischof und Schulmann"; Diesterweg, todt seit 7. Juni 1866.

98 Von Rußlands Zaar' angekauft.

99 Der türkischen Kirche Oberhaupt.

100 Jetzt Romanien, worin Constantinopel.

101 Zwischen Friedberg und Ruschbach.

102 Siehe Neue Bad. L.-Ztg. No. 273, 1. Blatt, Samstag 17. Nov. 1866 u. frühere.

103 Siehe die Zeitungen aus der 2. Hälfte vom Sept. 1866. Diesem Fulda war schon der Eine sich da aufhaltende zu viel.

104 Selbst in Bonns Nähe.

105 Savojarde.

106 Nicht Tespis, mit seinem Karn, erfand die Schauspiele, sondern der weit frühere Alaf.

107 J. Clement, Dominikaner, und Ravaillac.

[106] Das Edict von Nantes.

[109] Er zwar auch.

[110] K. hat sich selbst als solchen bekannt, was zwar völlig überflüssig war.

[111] Kettlers geheimer Rath: drei Laineze!!

[112] Der weiland sogenannte heilige Bund.

[113] Däumerlinge in Gullivers Reise von Swift.

[114] Im Faust.

[115] Wer sollte das hübsche Bild vom schlaftrunknen Schwäbli nicht kennen?

[116] Ahne, in Schwaben für Großmutter.

[117] Berühmter Münchner Landschaftmaler.

[118] Ausbruck in Bergwerken.

[119] Urdeutsches Wort.

[120] Aus Wielands Oberon.

[121] Medusa, eine Gorgone und Schreckbild. Es besteht ein Stahlstich mit der Ueberschrift: Perseus cautiously relating to Andromeda the transforming power of Medusas Head. Mehr hierüber in der Perseus-Sage.

[122] Siehe Frankf. Journal vom 22. Febr. 1866. Die in das Kloster entführte Braut eines Protestanten.

[123] T. der Große im 4. Jahrhundert.

[124] Bibelstelle: Evang. Lucas Kap. 1 V. 37.

[125] Seht das schöne steinerne Bild in Karlsruhe.

[126] Im Entwurf hieß es: die innre Stadt.

[127] 200,000 Einwohner: 21,000 freie Bürger, jeden mit den Seinigen, hoch gegriffen, zu 7 Köpfen angenommen = 147,000; blieben 63,000 unfrei (Leibeigne), demnach nahbei: $^9/_{14}$ frei, $^5/_{14}$ nicht!

[128] Also das den Russen, Kroaten u. Slovaken stammverwandte!!!

Seite 8, Zeile 16: Interdict — Untersagung, dem Sinne nach: Kirchenbann oder Geistesfolter.

Zum Schlusse noch aus dem Breve Gregors XVI. 1832:

Die Preßfreiheit kann nie genug verflucht und verabscheut werden; die Gewissensfreiheit ist eine abgeschmackte irrige Lehre, ein Wahnsinn und der verderblichste aller Irrthümer; die Meinungs- und Wortfreiheit eine Zügellosigkeit, eine Pestilenz für die Staaten, schlimmer als jede andere.

Berichtigungen.

Man lese:

Seite 2 unten	2. Zeile statt	Seidewasser	—	Scheidewasser
„ 24 oben	10. „ „	Ungeladener	—	Ungelad'ner
„ 29 „	9. „ „	leihen	—	leih'n
„ 30 „	11. „ „	Wiederstand	—	Widerstand
„ 43 unten	4. „ „	Inneren	—	inneren
„ 49 oben	11. „ „	Erhabener	—	Erhab'ner
„ 50 unten	10. „ „	hinieden	—	hienieden
„ 57 „	4. „ „	zuschri'en	—	zugeschrie'n
„ 85 oben	11. „ „	treugeblicbenen	—	treugeblieb'nen.

Andere kleine oder bei den Scheidezeichen eingeschlichene Verstöße beliebe man selbst zu verbessern.

www.ingramcontent.com/pod-product-compliance
Lightning Source LLC
Chambersburg PA
CBHW030539040726
47497CB00008B/2522